QIAN 前言 YAN

“上帝，这是什么意思？”

“这是谋杀，华生……”

在中国小读者的心目中，福尔摩斯是永远的名侦探，福尔摩斯与华生的经典对话已家喻户晓。

为了重现原汁原味的夏洛克·福尔摩斯形象，我们编译了《福尔摩斯探案集》（升级版），将福尔摩斯探案故事最为经典的篇章集结成十个分册，包括《血字的研究》、《四签名》、《归来记》、《巴斯克维尔的猎犬》、《恐怖谷》、《最后的致意》等几十个精彩故事。

作者柯南．道尔（1859—1930）被誉为“英国侦探小说之父”，迄今为止仍是全国世界最畅销侦探小说作家之一。他的作品，合乎逻辑的推理引人入胜，结构设计起伏跌宕，福尔摩斯以及助手华生等人物形象鲜明，故事描述的内容涉及当时英国社会现实生活。对于其艺术成就，英国著名小说家毛姆曾说：“与柯南道尔所写的《福尔摩斯探案全集》相比，没有任何侦探小说曾享有那么大的声誉。”

柯南·道尔塑造的夏洛克·福尔摩斯是在《血字的研究》和《四签名》里初露头角的，那是1897年和1899年之间出版的两本小书。此后问世的一系列短篇故事，头一篇叫做《波希米亚丑闻》，1891年发表在《海滨杂志》上。书出之后，很受读者欢迎，读者要求更多的后续故事。于是自那以后，在近40年时间里断断续续所写的故事，已不下于五十六七，这些故事分别收集在《冒险史》、《回忆录》、《归来记》和《最后致意》《新探案》等续集中。

在编辑《福尔摩斯探案集》（升级版）的过程中，我们刻意筛选了作者原作中的精彩篇章。选编的这些故事结构严谨，环环相扣，情节跌宕离奇，案情引人入胜，再配以经典插图，让你于紧张刺激的阅读中享受直观有趣的视觉冲击，这十册小书可以说是值得收藏的福尔摩斯探案经典版本。

一百多年来，根据福尔摩斯探案故事改编或演绎的艺术作品数不胜数，他们有的是影视作品，有的是漫画作品，这些作品使得福尔摩斯的形象历久弥新。愿我们编辑的这套集子会随着岁月的更迭，能让福尔摩斯的形象更加鲜亮。

本书编译者

2014年7月4日

像名侦探一样思考

e Complete
erlock Holmes

福尔摩斯探案集

持久畅销书

（英）柯南·道尔／著
郑雯雯／编译

斑点带子案
工程师大拇指案

升级版

企业管理出版社
EMPH ENTERPRISE MANAGEMENT PUBLISHING HOUSE

图书在版编目（CIP）数据

斑点带子案；工程师大拇指案 /（英）柯南·道尔著；郑雯雯编译．--北京：企业管理出版社，2014.7

ISBN 978-7-5164-0866-7

Ⅰ．①斑… Ⅱ．①柯… ②郑… Ⅲ．①侦探小说—小说集—英国—现代 Ⅳ．① I561.45

中国版本图书馆 CIP 数据核字（2014）第 118832 号

书　　名：斑点带子案；工程师大拇指案
作　　者：柯南·道尔
编　　译：郑雯雯
责任编辑：徐新欣　王秋菊
本书策划：闫书会
书　　号：ISBN 978-7-5164-0866-7
出版发行：企业管理出版社
地　　址：北京市海淀区紫竹院南路 17 号　　邮编：100048
网　　址：http://www.emph.cn
电　　话：总编室（010）68701719
　　　　　发行部（010）68414644
　　　　　编辑部（010）68416775
电子信箱：80147@sina.com zbs@emph.cn
印　　刷：三河市腾飞印务有限公司
经　　销：新华书店
规　　格：145×220mm　1/16　12 印张　180 千字
版　　次：2014 年 7 月第 1 版　2014 年 10月第 2 次印刷（Y）
定　　价：29.80 元

目录

MU LU

第 四 集

冒险史

五个桔核

当我普通地浏览一番我所保存的1882年至1890年间福尔摩斯侦探案的笔记和记录后，我竟不知从何入手，摆在我眼前的那些离奇有趣的材料实在太多了。有的案子经过报道已经众所周知了，而有些案子因为不能展示出我朋友的杰出才智却还没有报道出来。还有些案子使得他的擅长于分析的本领无法施展，就像某些故事一样，变成有头无尾了。又有些案子，他只弄清了一部分，对其情节的剖析只是出于推测，而不是以他所看重的、准确无误的逻辑论证为依据。在上述最后一类案件中，有一个案件不仅情节离奇，结局也离奇，使我禁不住想重新叙述一下，虽然与之有关的一些真相还没有弄清楚——也许永远也弄不清楚了。

1887年我们接手了一系列很有趣和趣味不大的案件，这些案件的记录，我现在都保存着。在这些记录中，有关于下面各案的记载：“帕拉多尔大厦案”；“业余丐帮案”，这个业余丐帮在一个家具店的地下室拥有一个豪华奢侈的俱乐部；“美国帆船‘索菲·安德森’号失事真相案”；“格拉斯·彼得森在乌法岛上的奇案”；“坎伯韦尔投毒案”。记得在最后一案里，当福尔摩斯给死者的表上发条时，发现该表两小时前就被上紧了发条，从而表明死者在那段时间里已经上床睡觉。这个推论对澄清案情至关重要。所有案件，或许有一天我都会给大家讲个大概，却没有一个比我现在就要执笔描述的案件更扑朔迷离和荒诞不经的了。

那是九月下旬，秋分时节的暴风雨异常猛烈。狂风暴雨一整天不停地击打着窗子，尽管我们身在用人类智慧的双手建造起来的伦敦城内，但此时此刻，我们也不由失去了平时工作的心情，不得不感叹自然界的威力——它就像一头未经驯服的猛兽，透过人类文明的栅栏向人类怒吼。随着天色将晚，狂风暴雨更加肆虐了。风时而狂啸，时而低吟，好像壁炉烟囱里发出的婴儿的哭叫。福尔摩斯在壁炉旁心情忧郁地坐着编制罪案记录的互见索引；我坐在壁炉的另一旁，正看着克拉克·拉塞尔写的一本有关海洋的精彩小说。屋外的狂风和瓢泼的大雨有如滚滚海浪，这一切和小说的主题正好互相呼应，融为一体。当时，我妻子回娘家去了。所以，我那几天又成了我在贝克街故居的常客了。

“嘿。”我抬头对我的同伴说，“确实是门铃在响，今晚还会有谁来呢？或许是你的哪位朋友吧？”

“除了你，我没什么朋友了，”他回答说，“而且，我从不鼓励别人来访。”

“那一定是委托人了。”

“如果是委托人，那肯定是很严重的案子，否则，谁肯在这个时候出来呢？我想这个人很有可能是房东太太的亲密朋友。”

福尔摩斯猜错了，因为脚步声正逼近我们，接着有人敲门。福尔摩斯把照亮他自己的那盏灯转向客人将要就坐的那张椅子的一边，然后说：“进来吧。”

进来的是一个二十二岁左右的年轻人，他的穿着考究而整洁，举止大方，彬彬有礼。他手上的雨伞不停地滴着水，身上的长雨衣闪闪发亮。他在灯光里四下打量。这时，我发现他脸色苍白，两眼无神，显然他被某种巨大的忧虑压得喘不过气来。

“对不起，”他说着，将一副金丝夹鼻眼镜戴上，“我从暴风雨中带来的泥水弄脏了您的房间。”

“把您的雨衣和伞给我吧，”福尔摩斯说，“把它们挂在钩子上，很快就会干的。我看您是从西南来的吧。”

“是的，从霍尔舍姆来的。”

“你鞋上的泥土很清楚地告诉我您是从那里来的。”

“我是专程来请教您的。”

“这我很容易做到。”

“而且还想请您帮忙。”

“那可就不怎么容易了。”

“我久仰您的大名，福尔摩斯先生。普伦德加斯特少校给我说过，您是怎样把他从坦克维尔俱乐部丑闻案中拯救出来的。”

“哦，是有这回事。有人诬告他用假牌行骗。”

“他说没有您解决不了的问题。”

“他太夸张了。”

“他还说您是常胜将军。”

“我也曾失败过——其中三次败于几个男人,一次败给一个女人。”

“可您取得的胜利更是数不胜数。”

“不错，我成功的时候是多一些。”

“那么，我这件事，您可能也会成功的。”

“请您把椅子靠近壁炉一些，讲讲您这件案子。”

“这不是一般的案子。”

“我接手的都不是一般的案子，我这里成了最高上诉法院了。”

“可是，先生。我想问一下，在你经手的案子中，有没有比我的家族中所发生的那一连串更神秘、更难解的事故？”

“我对您的案子很有兴趣，”福尔摩斯说，“但您得先告诉我大概情况，然后我再问您一些重要的细节。”

年轻人往前挪动了一下椅子，把淋湿的脚伸向壁炉。

“我叫约翰·奥彭肖，”他说，“我想我本人与这个可怕的事没多大关系。那是上一代遗留下来的问题，为了让您对这事有个大概的了解，我得从头说起。

“我祖父有两个儿子——我伯父伊莱亚斯和我父亲约瑟夫。我父亲在康文特里开了一家小工厂，自行车发明后，他的工厂扩大了，并享有奥彭肖防破车胎的专利权，因而生意很红火，使得他后来能够凭出让工厂所得的那笔巨款过着很富裕的退休生活。”

“我伯父伊莱亚斯年轻时侨居美国，是佛罗里达州的一个种植园主，据说经营得很好。南北战争期间，他在杰克逊麾下作战，后来在胡德麾下升任上校。南军统帅罗伯特·李投降后，他离开军队，返回了种植园，在那里又住了三四年。大约在 1869 年或 1870 年，他回到欧洲，在苏塞克斯郡霍尔舍姆附近买了一小块地。他在美国发过大财，他因为厌恶黑人，不喜欢共和党给予黑人选举权的政策而离美返英。他是个很怪的人，凶狠暴躁，发怒时言语粗鄙，性情很孤僻。他定居霍尔舍姆后，一直深居简出，我怀疑他没进过城。他有一座花园，房子周围有两三块地，他可以在那里锻炼身体，但他经常几个礼拜都不出门。他喜欢狂饮白兰地酒，烟瘾也很大，他不喜欢社交，没有任何朋友，甚至和自己的弟弟也没有来往。

“他并不关心我，其实，他是蛮喜欢我的。他第一次看到我的时候，我还是一个十一二岁的小孩，那是 1878 年，他已回国八九年了。他恳求我父亲让我和他住在一起，他用他自己的方式来疼爱我。他清醒的时候，喜欢和我一起斗双陆、下象棋。他还让我代表他跟佣人和一些生意人打交道。因此我到十六岁时，俨然就是一个小当家的了。我掌管着所有的钥匙，我可以去任何我想去的地方，做任何我想做的事，只要不影响他的隐居生活就行。但是，也有一个奇特的例外，那就是，阁楼那层的很多房间中，有一间堆放着破旧杂物的房间，常年加锁，无论是我还是别人，他都不让进去。我曾非常好奇地从钥匙孔窥视屋内，但除了一大堆破旧箱子和大小包袱外，什么也没看到。”

“1883 年三月的一天，一封贴着外国邮票的信放在我伯父的餐盘前面。对他来说，一封来信是很不一般的事，因为他的账单都是现款支付，他一个朋友都没有。‘从印度来的！’他拿起信诧异地说，‘邮戳却是本地的，这是怎么回事？’他急忙拆开信，五个又干又小的桔子核忽地蹦落到盘子上。我正想笑，却笑不出来，只见他大张着嘴，双眼圆睁，面如死灰，拿着信封的手颤抖起来了。‘K K K!’他尖叫着，‘上帝，真是罪孽难逃呀！’”

“我叫道：‘怎么啦？伯伯！’”

“‘死亡！’他说着，离开餐桌到他自己的房间去了，剩下我一个人在那里心惊肉跳地害怕着。我拿起信封，发现在信封封口盖的里边，涂胶水的上面，有三个很潦草的用红墨水写成的‘K’字。信封里除了那五个干瘪的桔核外，没别的东西。是什么东西让他怕成这样呢？我离开餐桌上楼时，他正好下楼，他一手拿着一枚生锈

了的钥匙，另一只手里是一个钱盒一样的小黄铜匣。”

“‘他们想怎么做就怎么做吧，我还是会战胜他们的。’他赌咒般地说道，‘叫玛丽今天把壁炉的火生起来，再让人把霍尔舍姆的福德姆律师请来！’”

“我按他的吩咐去做了。律师到了后，他把我叫到他房间里。炉火很旺，旁边的炉栅里有一堆黑色蓬松的纸火烬。小黄铜匣子打开着放在一旁，里头什么东西都没有。我瞥了那匣子一眼，很吃惊地发现匣子盖上印着我上午在信封上所看到的那样的三个‘K’字。”

“‘约翰，我希望，’我伯父说道，‘你能做我的遗嘱见证人。我把我的产业，不管好坏，都留给你的父亲。当然，以后你父亲又会留给你的。如果你能平安地享用它们，当然好。不过，如果你发觉不能，孩子，我劝你把它留给你的敌人。我很遗憾给你留下这样一个有双重意义的东西，可我也不知道事情会向哪个方向发展。你在福德姆律师于遗嘱上指给你的地方把你的名字签上吧！’”

“我在律师所指之处签了名，律师就把遗嘱带走了。你可以想得到，这事给我的印象多么深刻。我思来想去，还是不明白到底怎么了。可这事留下来的模模糊糊的恐怖感，始终在我心里，虽然随着时间的过去，这种感觉渐渐淡漠，而且也没有发生什么干扰我们生活的事。即使这样，我还是看出我伯父从此举止异常。他酒酗得更厉害了，并且更加不愿意去任何社交场所。他老待在他自己的房间里，而且还上了锁；但他有时发酒疯似的冲出屋子，手拿左轮手枪到花园里狂奔乱跑，尖声叫喊，说他谁都不怕，还说什么人也好鬼也好，谁也别想把他像圈绵羊一样圈起来。等到激动过去后，他又慌里慌张地跑回房间，插闩上锁，好像一个极为恐惧的人，再也不能装腔作势地硬撑下去了。每当这种时候，他的脸都是汗津津的，虽然是寒冬腊月，但看上去像刚从水盆里出来的。”

“哦，福尔摩斯先生，不能让你再等下去了，现在我来说说事情的结局吧。有天晚上，他发酒疯跑了出去，这一去就再也没能回来了。我们找到他时，他头朝下栽在花园一角泛着绿色的污水坑里。现场没有任何暴力的迹象，坑里的水也不过两英尺深，因而，鉴于他往常的古怪行径，陪审团认定他是自杀。但我知道，他是个怕死的人，他是不会去自寻短见的。尽管如此，事情过去后，我父亲继承了他的地产和一万四千镑左右的银行存款。”

“请等等，”福尔摩斯说，“我想您说的这个案子是我听到的最出奇的一件。请您把您伯父接到那封信的日期和他的死亡日期告诉我。”

“收到信的那天是 1883 年三月十日，他的死是五月二日，七个星期之后。”

“谢谢，您继续说吧。”

“我父亲接收了霍尔舍姆那座房产后，他在我的建议下仔细检查了长年累月上着锁的阁楼。那个黄铜匣子仍在那里，尽管匣子里的东西早已毁掉。匣盖里面贴着纸标签写着的‘K K K’三个大写字母。下边是‘信件、备忘录、收据和一份记录’等字样。我们推测：这可能表明了我伯父伊莱亚斯销毁的文件的性质。除了很多散乱的文件和记有我伯父在美洲的生活情况的笔记本外，再没什么重要的东西了。这些散乱的东西，有关于战争时期的情况和他忠于职守、荣获英勇战士称号的记述，也有战后南方各州重建时期的很多和政治有关的记录，显然，我伯父曾积极参与了反对北方的斗争。”

“我父亲是 1884 年初搬到霍尔舍姆去住的，直到 1885 年元月，一切都很顺利。元旦后的第四天，我们围着餐桌吃早餐时，我父亲忽然一声惊叫，只见他一手拿着一个信封，一手拿着五个干瘪的桔核。以前我给他说伯父的遭遇时，他老嘲笑我荒唐，而当他自己遇到同样的事时，却也吓得大惊失色，神色不安。”

“‘啊，这到底是怎么一回事，约翰？’他结结巴巴地问。”

“我心情沉重地告诉他，‘这是KKK。’”

“他看了看信封的内层。‘是的，’他叫了起来，‘就是这几个字母。这上面又写了些什么？’”

“‘把文件放在日晷仪上，’我在他肩膀后面望着信封念道。”

“‘什么文件？什么日晷仪？’他又问道。”

“‘就是花园里的日晷仪，别的地方没有，’我说，‘文件肯定是毁掉的那些。’”

“‘呸！’他壮着胆子说，‘这是文明世界，不许有这种蠢事发生！这东西是从哪儿来的？’”

“我看了看邮戳回答：‘从敦提来的。’”

“‘荒唐！’他说，‘日晷仪啦，文件啦，和我有什么关系？我才不理这种无聊的事呢。’”

“‘要是我的话，我就去报警。’我说。”

“‘不行，让他们来讥笑我，我不干。’”

“‘那让我去报警吧？’”

“‘不，你也不许去。只有傻瓜才会为这种荒唐事担惊受怕。’”

“和他争下去是没用的，他非常顽固，我只好惴惴不安地走开，我感到一场大祸就要来了。”

“收到信后的第二天，我父亲去看他的一位老朋友弗里博迪少校，朴次当山一处堡垒的指挥官。他的出访让我很高兴，我想，他离开了家就离开了危险，可我错了。他出门的第二天，少校给我拍来一封电报，让我立即到他那里去。我父亲摔在一个很深的白垩矿坑里，这种矿坑在那一带有很多。他的头骨跌碎了，不省人事。”

“我匆忙跑去看他，可他再也没有恢复知觉，从此离开了人世。显然，他黄昏前从费尔哈姆回家时，由于不熟悉乡间的道路，白垩坑又没栏杆遮挡，所以，验尸官很果断地认为这是‘意外致死’。我仔细而又谨慎地检查与他的死有关的事情，但没有发现任何含有谋杀意图的事实。现场没有暴力迹象，没有脚印，没有抢劫事件发生，也没有人看见路上有陌生人出现。可我的心情很不平静，我敢断定：这一定是有人精心策划的卑鄙的阴谋。”

“我在这种不祥的情况下继承了遗产。您可能奇怪我怎么不把它卖掉，我的回答是：我认为我家的灾难在一定程度上是由我伯父生前的某些事情引起的，所以不管在哪里，祸事都会同样紧紧地威胁着我们。

“我父亲是在1885年一月遭遇不幸的，到现在有两年八个月了。在这段时间，我在霍尔舍姆的生活还是幸福的。我甚至想：灾祸已经远离我家，它已与我的上一代人一起告终了。谁知我这样的自慰还为时尚早。昨天早上，灾祸又来了，情况和我父亲当年的经历一模一样。”

那年轻人从背心口袋里取出一个揉皱了的信封，走到桌旁后，他把五个又干又小的桔核摇落在桌上。

“这就是那个信封，”他说道，“邮戳盖的是伦敦东区。信封里还是这几个字：‘K K K’，然后是‘把文件放在日晷仪上’。”

“你有没有采取什么措施？”福尔摩斯问道。

“没有。”

“没有？！”

“老实说，”他低着头，消瘦苍白的双手捂着脸，“我束手无策。我觉得自己像面对着一条毒蛇的可怜的兔子。我好像陷入了不可抗拒的、残酷无情的恶魔的魔爪中，而这魔爪是谁也防范不了的。”

“不，不！”福尔摩斯嚷道，“你得采取行动啊，先生，不然您就完了！现在除了振作起来外，没什么可以挽救您的了。您没有唉声叹气的闲工夫啊！”

“我找过警察了。”

“哦！”

“可他们听我说完后，只是笑了一下。我想他们都固执地认为那些信纯属恶作剧，我的两位亲人之死诚如验尸官所说，完全是意外事故。所以不能和那些前兆联系到一块。”

福尔摩斯挥起拳头吼着：“他们可真愚蠢！”

“可他们派了一个警察和我一同住在我家里。”

“他今晚和您一起出来了吗？”

“没有，他奉命只待在房子里。”

福尔摩斯又愤怒得挥舞起拳头来。

“那么，您为什么来找我？”他叫道，“真让人气愤，您为什么一开始不找我？”

“我不知道啊。直到今天，我向普伦德加斯特少校谈了我的困境，他才劝我来找您。”

“您接到信后过了整整两天了，我们应该马上采取行动。我想除了那些您已给我提供的情节外，没有更进一步的凭证——没有什么对我们有用的，带启发性的细节了吧？”

“有一件。”约翰·奥彭肖说着，从上衣口袋里掏出一张褪了色的蓝纸，摊开放在桌上。“我还记得，”他说，“那天，我伯父烧毁文件时，我看见纸灰堆里有一些小的没有烧尽的文件的纸边就是这种颜色的。我在伯父屋里的地板上发现这张纸。我想它肯定是从一叠纸中掉下来的，所以没被烧掉。纸上只提到了桔核，恐怕它对我们没多大帮助。它可能是我伯父日记中的一页。”

福尔摩斯把灯移了一下，我们弯下腰仔细看那张纸。纸边参差不齐，的确是从一个本子上撕下来的。上面写有“一八六九年三月”的字样，下面是一些莫名其妙的记载，内容如下：

四日：赫德森来。抱着同样的旧政见。

七日：把桔核交给圣奥古斯丁的麦考利、帕拉米诺和约翰·斯温。

九日：麦考利已清除

十日：约翰·斯温已清除。

十二日：访问帕拉米诺。一切顺利。

“谢谢您！”福尔摩斯说着把那张纸叠好还给了客人，“您现在一分钟都不能耽搁了，我们没有时间来讨论您告诉我的情况。您得立即回家开始行动。”

“我该做些什么呢？”

“您只要做一件事，而且得立即去做。您必须把给我们看过的这张纸放进您说过的那个黄铜匣子里去，而且还得放一张便条，说明文件都被您伯父毁掉了，这是仅剩的一张。然后，您必须马上把黄铜匣子按信封上所说的那样放在日晷仪上。您明白了吗？”

“完全明白。”

“您先别想着报仇，我认为我们可以通过法律达到报仇的目的，既然他们早有预谋，我们也该采取相应措施。现在首先要做的是把您迫在眉睫的威胁给消除掉，其次才是揭穿秘密，惩处罪恶集团。”

“谢谢您，”那年轻人说着站起身来，把雨衣穿上，“您让我看到了活下去的希望，我一定按您所说的去做。”

“您必须抓紧。而且，您首先得照顾好自己。我想，有一种危险正逼近。您怎样回去呢？”

“从滑铁卢车站坐火车回去。”

“现在九点钟不到，街上还有人，所以您也许能平安无事。不过，您还是多加小心才好。”

“我带了武器。”

“那就好了，明天我就开始办您的案子。”

“那么，我就在霍尔舍姆等着您？”

“不，您这案子的关键在伦敦，我要在伦敦寻找线索。”

“那么，我过一两天再来告诉您关于那铜匣子和文件的消息。

我将遵照您的指点一一去做。”他和我们握手告别。屋外依旧是狂风呼啸，瓢泼的大雨不停敲打着窗户。这个离奇、凶险的故事似乎是随着狂风暴雨来到我们这里的——它仿佛是强风吹到我们身上的一片落叶——现在又被暴风雨给卷走了。

福尔摩斯一言不发地坐着，身体前倾，一动不动地盯着壁炉里红彤彤的火焰。过了一会儿，他又点燃了烟斗，背靠坐椅，望着一个一个的蓝色烟圈袅袅升向天花板。

“华生，我想没有比这更稀奇古怪的案子了。”他终于做了这么一个判断。

“‘四签名’一案除外。”

“对，除此之外，就数它离奇了。但我想，这个约翰·奥彭肖面临着的危险比舒尔托的更大。”

“但是，你对这是什么样的危险是不是有了些明确的认识？”我问道。

“它们的性质是毫无疑问的了。”他回答说。

“那么，到底怎么回事呢？K K K 是谁？他为什么要不停地纠缠这个不幸的家庭呢？”

福尔摩斯眯上了眼睛，两肘在椅子的扶手上靠着，指尖并在一起。“通常，一个理想的推理家，”他说道，“一旦有人提供了事实的一方面后，他就能从这一方面不断推出这个事实的其他方面，而且还能推断出将要由此引发的一切后果。就像生物学家居维叶凭一块骨头就能准确地描绘出一个完整的动物一样。一个推理家，既然了解了事件中的一个环节，就应该能推断出前前后后所有的环节。我们还没有掌握只有理性才能获得的结果。只有研究才能解决问题，单凭直觉做事的人肯定会失败的。不过，要使推理艺术达到尽善尽美的地步，推理家必须得善于利用他自己了解的全部事实。你是知道的，推理家得掌握一切知识，而这一点，即使是在有了免费教育和百科全书的今天，也还是一种很难得的成就。一个人要掌握对他工作有用的全部知识，倒也不是绝对做不到的，我一直在努力。如果你还记得的话，我们认识不久的时候，你有一次曾十分精确地指出了我的局限性。”

“对，”我不禁笑了起来，“那是一张很有趣的记录表。哲学、天文学、政治学，打零分；植物学，说不准；地质学，就伦敦方圆五十英里的泥迹而言，算是造诣很深；化学，很独特；解剖学，没有系统；对惊险文学和罪行记录的了解，无与伦比；是小提琴演奏家、拳击手、剑术运动员、律师；是可卡因和吸烟的自我毒害者。我想，我没记错吧。”

福尔摩斯听到后面那一项，嘻嘻地笑了。“嗯，”他说，“就像我过去说过的那样，一个人应该给自己的脑袋里面装满他可能用得着的一切东西。其余的东西可以在书房里放着，需要时再去取。现在，为了今晚的这宗案件，我们得把一切资料集中起来。麻烦你把书架上的美国百科全书里‘K’字部的那一册取出给我。谢谢，让我们考虑考虑，看能不能从中推断出什么。首先，我们可以从一个有充分根据的假定开始——奥彭肖上校是因为某种复杂的原因而离开美国的。像他这样年纪的人是不会随便改变全部生活习惯的，更不会心甘情愿放弃佛罗里达的宜人气候而回到英国来过寂寞的乡村生活的。他对在英国的孤独生活那么喜爱，这表明他惧怕着什么，因此我们不妨作出一个有用的假设，他是出于对某人、某事的恐惧而被迫离开美国的。至于他怕的是什么，我们只能凭他和他的两个继承人所接到的那可怕的信件来推断。你有没有注意到那几封信上的邮戳？”

“第一封是从本地治里寄出的，第二封是敦提，第三封伦敦。”

“准确地说是从伦敦东区寄出的。你能由此推出什么来呢？”

“这些地方都是海港，写信的人可能在船上。”

“对极了，我们有线索了。毫无疑问，写信的人当时很可能——极其可能——一定是在某条船上。现在我们再来考虑第二点。就本地治里来说，收到恐吓信到出事时，前后是七个星期。至于敦提，仅仅过了三四天。这意味着什么呢？”

“前者路程较远。”

“但信件也要经过较远的路程呀？”

“这我就不明白了。”

“至少可以这样假设：那个人或那一伙人乘的是帆船。他们奇特的警告信号看来总是在他们出发前发出的。你看，信号从敦提发出后，事情接着就发生了，你说有多快。如果他们是从本地治里乘轮船来的，那他们会和信同时到达，可事实上，事情发生在七周后。所以我想信件是由邮轮运来的，而写信的人是乘帆船的，那七周是两者的时间差。”

“很有可能。”

“不是可能，事实大概就是这样。现在你明白了这宗案子的紧迫性和为什么我要小奥彭肖提高警惕了吧。发信人的旅程一结束，灾祸就来了。因为这一回信是从伦敦发出的，所以我们一分钟也不能耽搁了。”

“老天！”我叫了起来，“这意味着什么？这是种无情的迫害！”

“奥彭肖上校所销毁的文件显然对帆船里的某个人或某伙人有着生死攸关的重要性。事实表明，他们肯定不止一个人。单独一人不可能接连使两人死于非命，而且，采用的手段竟然骗过了验尸官。这里头肯定有好几个同伙，并且他们有勇有谋。他们不管文件在谁手上，都非要弄到不可。因此，可以肯定，‘KKK’不是人名的缩写，而是一个团体的标志。”

“是什么团体的标志呢？”

“你没有——”福尔摩斯说着，俯身向前把声音压低了，“你从没听说过三 K 党吗？”

“从没听说过。”

福尔摩斯一页页地翻着放在他膝上的书。“你看，”他对着书念道：

“克尤·克拉克斯·克兰，是一个象声词，它来源于枪子击铁的声音。这是由南方州的前联邦士兵在南北战争后成立的秘密团体，在美国各地都有分会。其中在田纳西、路易斯安那、卡罗来纳、佐治亚和佛罗里达更为引人注目。它是有着政治目的的团体，经常对黑人选民使用恐怖手段,将反对他们观点的人或谋杀或驱逐出国。他们通常的做法是，在使用暴力前先给受到敌视的人寄上某种形状奇怪但能辨别的小东西，例如，一小根带叶的橡树枝、几粒西瓜子或几个桔核作警告。受到敌视的人接到警告后，可以公开宣布放弃原有观点或逃往国外。如果对此不屑一顾，那一定会遭到杀害，而且手段奇怪，往往让人意想不到。那个团体组织严密，使用的方法很有系统，以至于在这类案件中，还没有一个与之抗衡的人能够幸免于难，作案的人也未能追查到。尽管美国政府和南方上层社会努力制止，但这个团体还是到处发展壮大。最后，到一八六九年，这个三 K 党突然垮台，但此后还有不少此类暴行发生。”

福尔摩斯放下了手中的书，“你可能看出来了，这个团伙的突然垮台和奥彭肖上校带着文件逃离美国是同时发生的。很可能两件事互为因果。难怪奥彭肖和他的家人，总被死对头盯着。我们可以肯定，奥彭肖上校的文件牵涉到美国南方的某些头面人物。不找回这些东西，有些人是睡不稳觉的。”

“那么，我们所见过的那页……”

“正如我们所料。我要没记错的话，那上面写的是‘送桔核给 A、B 和 C。’这意味着把警告送给他们。后面又接着写道：A 和 B 已清除或已出国；最后还说访问过 C，我想这肯定给 C 造成了不祥的后果。喂，医生，我想我们能够让一切都水落石出的，同时我相信，小奥彭肖的唯一机会就是按我所说的去做。今晚没什么事了，请你把小提琴递给我，让我们暂时忘掉这恼人的天气和我们同胞的不幸遭遇吧！"

第二天早上，雨过天晴，太阳在这个大城市的上空透过云雾发出柔和的光芒。我下楼时，福尔摩斯已在吃早餐了。

"请原谅我没有等你，"他说，"我估计，为小奥彭肖的案子我得忙碌一整天。"

"你准备怎么行动？"我问道。

"这首先得看我初步调查的结果了。总之，也许我不得不去霍尔舍姆一趟。"

"你先不去那里吗？"

"不，我得从城里开始。你只要拉一下铃，女佣就会给你端杯咖啡来的。"

我趁咖啡还没到，拿起桌上还没有打开的报纸浏览起来。我的目光突然在一个标题上凝住了，心里不由得颤了起来。

"福尔摩斯，"我大叫起来，"你晚了！"

"啊？"他放下了杯子，"我最担心这个，怎么搞的？"他虽然故作平静，但我知道他其实很不安。

我是被奥彭肖的名字和"滑铁卢桥畔的悲剧"这一标题吸引住的。这个报道的内容如下：

昨晚九至十点之间，八班警士库克值勤到滑铁卢桥附近时，忽闻有人呼救和落水之声。当时伸手不见五指，风雨肆虐，因而虽有几位路人援助，亦无法营救。警报发出后，经水警协同努力，终于捞获尸体一具。该尸乃一名年轻绅士。据其衣袋内的信封所示，此人是约翰·奥彭肖，生前在霍尔舍姆居住。据推测，死者可能因急于赶搭发自滑铁卢车站之末班火车，匆忙间迷失于一片漆黑中，误踩一轮渡小码头之边缘而失足落水。尸体没有任何暴力痕迹。无疑，死者是意外遇难，此事足以唤起市政当局应注意河滨码头的安全。

我们默坐了几分钟，福尔摩斯异常沮丧和震惊。

“这件事伤了我的自尊心，华生，”他终于开口说话了，“虽然自尊心是一种狭隘的感情，但它的确受到伤害了。现在这是我个人的事了。如果上帝让我多活几年，我要亲手解决这帮家伙。他跑来向我求救，我竟然把他打发到死路上！……”他从椅子里一跃而起，在房中踱来踱去，情绪激动得难以抑制。他一脸的羞愧，两只瘦长的手不安地一会儿交叉在一起握着，一会儿又松开。

最后，他大声说道：“狡猾透顶的魔鬼，他们怎么把他骗到那儿去的？那堤岸并不直达车站呀！而且对他们的行动来说，即使是这样的一个黑夜，在那座桥上无疑也是人太多了。唉，华生，你看着吧，看到底谁能取得最后的胜利，我现在就要行动了！”

“去找警察吗？”

“不，我要自己当警察。等我把网结好了，苍蝇就很好捉了。”

这天我一直在忙我的医务工作，天色很晚了才回到贝克街。福尔摩斯还没有回来。快十点钟了，他才面色苍白、筋疲力尽地回来了。他打开碗柜，撕下一大块面包，狼吞虎咽地嚼着，然后喝了一大杯水。

“你饿了。”我说。

“饿死我啦，早餐后就没吃一点儿东西，我忘记吃了。”

“事情进展怎样？”

“不错。”

“有线索了吗？”

“他们已经在我的掌握中了，小奥彭肖的仇一定得报。嘿，华生，我们以其人之道还治其人之身吧，我已经想好了。”

"你是说——"

他从碗柜里拿出一个桔子，剥了后，把桔核挤到桌上，从中选了五个装到一个信封里。然后又在信封口盖的反面上写上"S. H. 代 J. O"。他封上信封，在上面写上"美国，佐治亚州，萨凡纳，孤星号三桅帆船，詹姆斯·卡尔霍恩船长收"等字样。

"他还没进港信就在那等他了，"他得意地笑着说，"这封信会让他夜不安眠的，他会认为这封信是他死亡的预兆，就像奥彭肖从前那样。"

"这个卡尔霍恩船长是什么人？"

"是那帮混蛋的头头。我还要搞其他几个人，不过，先搞他。"

"那么，你是怎样看出来的？"

他从衣袋里拿出一张写满了日期和姓名的大纸。

"我一整天，"他说，"都在查阅劳埃德船舶登记簿和旧文件的卷宗，追查 1883 年一、二月在本地治里港停靠过的每艘船离港后的航程。从登记上看，在这两个月中，共有三十六艘吨位较大的船到过那里。其中有艘叫'孤星号'的引起了我的注意，因为它虽然是在伦敦入关的，但它来自美国的一个州。"

"我想，是得克萨斯州吧。"

"到底哪一州，我还不清楚，不过我知道它一定是艘美国船。"

"然后又怎样呢？"

"我查阅了敦提的记录。当我看到一八八五年一月三桅帆船'孤星号'抵达那里的记录时，我的猜想就得到证实了。接着我又查询了停泊在伦敦港内船只的情

福尔摩斯名言警句

我完全没有虚度此生，如果我生命的旅程到今夜为止，我也可以问心无愧地欣然接受。由于我的存在，伦敦的空气得以清新。在我办的一千多件案子里，我相信，我从未将把握的力量用错地方。

况。”

“结果呢？”

“那‘孤星号’是上周到这里的。我又在艾伯特船坞了解到这船今早上已趁着早潮顺流而下，我给格雷夫森德港发电报，得知它不久前驶过去了。因为风向朝东，所以我相信它这时已过了古德温斯，离怀特岛不远了。”

“那么，你想怎么办呢？”

“我要把他捉住，还有他的两个副手——那条船上仅有的美国人，其他人是芬兰人和德国人。我还听装货的码头工人说，他们三个昨晚都离船上岸了。等他们的帆船到达萨凡纳时，邮船早就把信带到那里等了，而且我也早用电报通知了萨凡纳的警察，说这三位先生是正在通缉的杀人犯。”

然而，人算不如天算。谋杀约翰·奥彭肖的凶手永远收不到那几个桔核了，而且也不知道世界上有一个和他们同样机灵果断的人在追捕他们。那年秋分时节的风刮得异常持久和凶猛。我们一直在等萨凡纳“孤星号”的消息，却一直没有。后来，我们终于听到，在遥远的大西洋某处，一次海浪退潮后，人们发现沙滩上有一块破碎的帆船尾柱，上面刻着“L S”两个字母，我们所能知道的“孤星号”的消息仅此而已。

歪嘴唇男人

圣乔治大学神学院已故院长是艾萨·惠特尼，也是神学博士伊莱亚斯·惠特尼的弟弟。他吸食鸦片，烟瘾相当大。据我所知，他是在上大学时读了德昆西作品中对梦幻直觉的描写，当时头脑一时发热，将烟草在鸦片酊里泡过再抽，以从中获得书上描写的那种感觉，从此便染上了吸食鸦片的恶习。可是就像多数人一样，之后他才发觉抽鸦片上瘾容易想戒除却十分困难。多少年以来，他就成了鸦片的奴隶，难以自拔。亲戚朋友对他又是憎恶，又不无怜惜。他那副神态我至今还记忆犹新，面黄肌瘦，低眉垂眼，双目无神，身体蜷在椅子里，一副落魄贵族的样子。

一八八九年六月的一个晚上，就在人们都困意渐至，要看表准备休息的时候，有人按响了门铃。我坐在椅子上挺直了身子，妻子也停下了手中的针线活，放在腿上，有点不满地说："一定是有病人！你又得出诊了。"

我叹了口气，我可是忙了一天刚刚回来。

我们听到一阵开门声，有人匆匆说了几句话，然后快步走过油地毡，接着我们房间的门就被打开了，进来一位女士，她身穿一件深色呢绒大衣，脸上戴着黑色面纱。

"很抱歉这么晚前来打扰！"她说着，然后突然克制不住，跑上前去，搂住我妻子的脖子，伏在她肩上啜泣起来，边哭边说："可是我太不幸啦！我多么想要一点帮助啊！"

"啊！"我妻子帮她揭去脸上的黑纱，"是凯特·惠特尼啊！你可吓到我了，凯特！你进来时我都没认出你来！”

“我不知道该怎么样才好，就来找你了。”大伙儿都这样，一有不幸就会像黑夜中的鸟儿飞向灯塔一样跑来找我妻子寻求慰藉。

“你能来真的很好，来坐下来喝点酒水吧，坐下平静一会儿，再跟我们说说到底是怎么回事。要不我让詹姆斯睡觉去，别让他打扰我们的谈话？”

“不，不用！我还要华生医生帮帮我呢。是艾萨，他两天没回来了！为了他，我吓得要命。”

我是他们的医生，我妻子是凯特的老朋友兼同学，我们这已不是第一次听她向我们倾诉他丈夫惹的麻烦了。我们总是尽量想出些话来安慰她，问她是否知道丈夫去哪里了？我们有可能把他带回来吗？

看来又是这样，她得到确切消息说，她丈夫近来又犯了一次烟瘾，就跑去城区最东边的鸦片馆去过瘾了。不过在此之前他出去放纵从来不会超过一天，到了晚上就会像要散架似的抽搐着回到家里。但这次却离开四十八个多小时了，他肯定又是和码头上的一些社会渣滓躺在一起吞云吐雾或者睡着缓劲儿呢。她知道只要去斯万达姆巷的黄金酒吧，就肯定能找到他。可她又能怎么办呢？难道要她这样一个年轻娇怯的女人闯进那种地方，从一群流氓中把他拖回来吗？

情形就是这样，当然现在只能去把他找回来。要我陪她一起去吗？不过转念一想，她又何必前去呢？我是艾萨·惠特尼的私人医生，我的话他还是能听的。因此我一个人去可能会更容易解决问题。于是我答应她，要是我在她告诉我的地方找到他的话，两个小时之内就会把他送回家里。十分钟后我离开了我的椅子和我们那间舒适的起居室，乘坐一辆双轮马车向东驶去。当时我只感觉这趟差事干得有点古怪，不过发展到后来事情简直说得上是离奇了。

事情前半段进行得很顺利。斯万达姆巷很隐蔽，位于伦敦桥以东河北岸的高大码头建筑后面。在一家成衣店和一家金酒店之间，有一段陡峭的台阶向下通往一个黑乎乎的豁口，这就是我要找的那家烟馆了。我让马车停下来，顺着台阶走了下去，台阶中间都被不断来往的醉汉们踩得凹了下去。门口上挂着盏忽明忽暗的油灯，借着灯光，我摸到门闩，进入到一个又深又矮的房间，里面弥漫着浓厚的褐色鸦片烟雾，屋里摆着一排床，布局就像移民船里的水手舱一样。

透过昏暗的灯光，只能模糊地看到一些人东倒西歪地靠在床上，弓着背，曲着膝，头向后仰，下巴朝天，零零落落的，睁着无神的眼睛望着刚到的人。这些黑影手中的鸦片烟袋锅时不时地闪出红色的光亮，忽隐忽现。这些人大多数无声地躺着，有一些低声自己嘟哝着什么，还有几个人声音低沉怪异、音调单一地一起谈着点什么，一时滔滔不绝，一时又哑然无声，每个人都自己嘟哝着自己的心事，对谈伴的话毫不入耳。房间那一头有一个小炭火盆，旁边的三足板凳上坐着个老头，双拳托着下巴，两肘撑在膝盖上，眼睛盯着盆里的炭火。

我一进屋，就有个脸色苍白的马来人伙计急匆匆走上前来，递给我一杆烟枪，还有一些鸦片，招呼我到一张空床上去。我对他说："谢谢，不用，我只待一会儿，来找个朋友，他叫艾萨·惠特尼。我要跟他说句话。"

这时，我右手边有人动了动，喊了一声。透过阴暗的灯光，我认出来那是惠特尼，脸色苍白，面容枯槁，头发蓬乱，眼睛直盯着我。"噢，上帝！是华生。"他还是那个样子，又可怜又可鄙，神情非常紧张。"呃，我说，华生，现在几点钟啦？"

"快十一点了。"

"哪天的十一点？"

"周五，六月十九号。"

"老天哪！我还一直以为是周三呢！不，今天就是周三，你干嘛要唬我？"他说着，把头埋到臂弯里，竟然高声哭了起来。

"喂！我告诉你，今天就是周五。你老婆等你两天了。你真不害臊！"

"我是很羞愧。不过，华生，你肯定弄错了，我才在这里待了几个小时，就抽了三锅烟，呃，四锅……呃，记不清几锅烟了。不过，我会跟你回去的，我不能让凯特担惊受怕，噢，可怜的小凯特。来，拉我一把。你雇马车了吗？"

"雇了，还等着呢。"

"那我就坐马车走吧。不过，这里我一定欠了账，华生，帮我看看欠了多少，我一点精神都没有，自己什么都办不了。"

我屏住气息，不去闻鸦片发出的那种讨厌的臭气，穿过两排躺着的人之间狭窄过道去寻找烟馆掌柜的。可就在我经过炭火盆旁边的那个高个子身边时，觉得有一只手猛地拉了一下我的衬衣，有人低声对我说："走过去，再回头看看我。"这句话清晰地钻进了我的耳朵。它只能出自我身边的老头之口。我往下扫了一眼，可他还是和刚才一样坐在那里全神贯注地盯着火盆。他身材消瘦，满脸皱纹，年迈背驼，一只烟枪耷拉在双膝之间，好像是拿累了从手里滑下去似的。我又往前走了两步才转回头来，不禁大吃一惊，差点没失声呼叫出来。此时坐在炭盆旁边的人已经转过身来背向他人，除了我谁也看不到他的正面，身体已经舒展开来，脸上的皱纹也已消失，无神的双眸也恢复了光彩，正笑嘻嘻地看着我惊讶的表情，这不是别人，竟是夏洛克·福尔摩斯！他轻轻示意我靠近他身边去，然后转过身，侧面向着众人，随即又恢复了一副颤颤巍巍、嘟嘟哝哝的衰老模样。

“福尔摩斯！”我小声道，“你来这鬼地方干什么来了？”

“尽可能小声点，”他回答说，“我耳力很好。要是你能把你那位烟鬼朋友打发走，我倒愿意跟你说几句话。”

“好的，我外面有辆马车。”

“那就让他坐上车回家去吧！你完全可以放心，他已经没精力再去惹事啦。别忘了让马车夫给你妻子捎个便条，就说你跟我做伴呢。你在外边等一会儿，我五分钟后就出来找你。”

福尔摩斯提出的要求总是很难拒绝，他直截了当，不动声色地就掌握了主动。不过，我觉得只要把惠特尼弄上车，凯特和妻子给我的任务就算完成了；接下来能够和老朋友一起去调查一桩奇案，那就再好不过了。而奇案对他来说已经司空见惯。于是我写了张便条，替惠特尼付了账，把他送上马车，看着马车消失在黑暗之中，这已经过了几分钟时间。不久，一个老朽的身影从鸦片馆里走了出来，是福尔摩斯，然后我和他一起走上了街道。他还是那样弓着背，颤颤巍巍地拖着脚步，一直过了两条街道，他向四周扫了一眼，然后才站直身子尽情地笑了起来。

他边笑边说：“华生，我有许多小毛病你从医学角度看都不反对，除了注射可卡因；你不会觉得我现在又开始抽鸦片了吧。”

“在这里见到你我确实非常意外。”

“我见到你更意外。”

“我是来找一个朋友。”

“而我是来找一个敌人。”

“敌人？”

“对，我的一个天敌，准确点说是我的一个猎物。简而言之，华生，我这次调查很不寻常。我计划从这些烟鬼的东拉西扯中找到点线索，我刚才做的就是这个。一旦在那个烟馆里有人认出我来，不出一个小时就会把我打死。因为先前我为自己的事情去那里查过一次，那个开烟馆的流氓印度水手发誓要报复我。那所房子的后面靠近保罗码头拐角的地方有个活板门。那个门记述着一些有关在月黑风高夜才运出去的东西的奇特故事。”

“什么！你说的那些东西莫非是尸体？”

“唉，是尸体。华生，我们要是能够从每一个在烟馆里被折磨死的倒霉蛋身上得到一千镑，我们就成财主啦。这里是沿河一带最险恶的杀人之所。我担心内维尔·圣克莱尔进去了不一定能出来。但是我们的网就得设在这里。”他把两个手指放在嘴里吹了个口哨，远处传回来一声同样的哨声，不一会儿，就听到了马蹄和车轮的声音。

一辆双轮轻便马车从昏暗中驶来，侧灯射出两道金黄色的灯光，福尔摩斯说，“华生，你肯定愿意和我一起去吧？”

“要是我能帮上什么忙的话就去。”

“嗯，信得过的伙伴总帮得上忙的，更不用说他还能做下记录了。我在锡达斯的房间里有两张床。”

“锡达斯？”

“不错，是在圣克莱尔先生的家里。我查这个案子就住在那里。”

“在什么地方？”

"在肯特郡，离李镇不远，还有七英里才能到。"

"可我对案子一无所知啊。"

"当然如此，不过很快你就会知道所有情况的。上来吧！好了，约翰，不麻烦你送我们了，这是半克朗车费。明天十一点左右等着我。把马缰绳松开吧，就这样，再见！"

他轻轻抽了一下马鞭，马车就跑了起来，我们飞快地穿过一条条寂静无人的昏暗街道，路面渐渐开阔起来，穿过一座两侧有护栏的大桥，桥下黑魆魆的河水缓缓地流着。又经过一片灰蒙蒙的灰泥砖堆，四下里一片寂然，只有警察巡过时踩着步点发出的沉重脚步声，或者一些赴宴晚归的人发出的几声高歌尖叫才偶尔打破夜晚的寂静。天上缓缓飘过一堆散乱的云朵，零星的有一两颗星星在云缝里闪烁着微软的光亮。福尔摩斯默默地驾着车，头垂到胸前，一副沉思的模样。我坐在他身边，很想知道这件新案子究竟是怎么回事，竟让他耗费如此大的精力，又不敢打断他的思路。我们就这样赶了几英里路，来到郊区一座别墅区边缘，他才晃了晃身子，耸了耸肩，点上烟斗，一副自鸣得意的神气。他开口说："华生，你很能保持缄默，这点让你成为一个非常难得的伙伴。不过说实在的，我现在真需要有个人说说话，因为我的想法不见得都非常顺耳。跟我说说，今晚那位可爱的女人到门口迎接时，我该说点什么呢？"

"你忘啦，我对此事还一无所知呢。"

"我们还得一会儿才能到李镇，正好有时间跟你讲讲案情。这个案子看似非常简单，可我不知该从哪儿着手。线索很多，可我就是理不清头绪。我这就简明扼要地给你说说案子。华生，我对这个案子是两眼一抹黑，或许你能看出一丝光亮呢。"

"那你就说吧。"

"几年前，准确地说是一八八四年五月，有位绅士，就是内维尔·圣克莱尔来到了李镇。他看来非常有钱，买了一座大别墅，装饰得非常漂亮，生活也很富足。他逐渐和邻居们交上了朋友，并且在一八八七年和当地一个酿酒商的女儿结婚，和她生有两个孩子。他没有固定职业，不过在几家公司里都有投资。他形成了一个定例，每天早晨进城，下午五点十四分从坎农街坐火车回来。圣克莱尔今年三十七岁，没什么不良嗜好，说得上是个佳夫慈父，见过他的人无不交口称赞。我还要补充的是，据我们查明，他总计负债八十八镑十先令，而他在首都郡银行里的存款就有二百二十镑。因此他不可能为财务问题而烦恼。

"上周一，圣克莱尔先生进城比以往要早得多，走前他说有两件重要的事要去办，还说回来时要给小儿子带盒积木。十分凑巧的是，就在那天他走后不久，他妻子收到一封电报，说有个非常贵重的小包裹要她到雅伯丁运送公司去取,她一直就在等着这个包裹呢。要是对伦敦很熟，你应该知道这个公司的办事处在弗雷斯诺街。那条街有条岔道通往斯万达姆巷，就是今晚你见到我的地方。圣克莱尔太太吃过中饭就进城了，去买了些东西，然后就去运送公司办事处取了包裹。在回车站经过斯万达姆巷时，正好下午四点三十五分。我说的你都听清楚了吗？"

"非常清楚。"

"你还记得吗，那个周一天气特别热，圣克莱尔太太走得很慢，四处张望，想找辆出租马车，对身边的这些街道她很不喜欢。就在她走过斯万达姆巷时，突然听到一声号叫。她看过去，发现她丈夫正从三楼窗口朝下望着她，好像是在向她挥手，一霎时，她吓得后背发凉。当时窗子开着，能够清楚看到他的脸，用她的话说，他的脸色激愤得十分可怕。他拼命向她挥着手，然后忽然就消失了，好像是有人用力从背后把他拉走了一样。女人的感觉都很敏锐，她看到圣克莱尔先生尽管还穿着进城时穿的黑色外衣，但硬领还有领带都没了。"她感觉他一定是出了什么事，那房子就是你发现我时所在的那个烟馆，她连忙顺着台阶跑进处于地下的前厅，在她穿过屋子想登上通往地上一楼的楼梯时，在楼梯口碰上了我说的那个印度混混，把她推了出来，又过来一个伙计模样的丹麦人，一起把她推到街上。她心里忐忑不安极为恐慌，匆匆跑出巷子，碰巧在弗雷斯诺街口遇到了一个巡长和几名巡捕，巡长带了两个人陪她一起赶了回去，尽管在烟馆还是受到了阻拦，他们还是进入了刚才发现圣克莱尔先生的那间房子，房子里却没有他曾经待过的迹象，整层楼上除了一个看似住在那里、面目丑陋的瘸子外，没有任何人。那瘸子和那个印度人都发誓说整个下午都没有人来过那层楼的前屋。他们矢口否认，使得巡长有些无所适从，几乎要认定是圣克莱尔太太认错了人。突然，圣克莱尔太太大叫一声，冲上前抓起桌上的一个小松木盒子，扯开盖子，抖出来一大堆玩具积木。正是圣克莱尔早晨离开家时答应要带回去的玩具。

“这一发现，再加上那个瘸子明显的神色慌张，让巡长意识到了事态的严重性。对所有房间都进行了仔细检查，所有结果指向一点，就是此处发生了一起性质恶劣的犯罪。前屋是个陈设简单的起居室，通往一间小卧室，卧室正对着一段码头的背面，中间隔着一段窄长的河流，退潮时河水干涸，涨潮时，水至少得有四英尺半深。卧室窗子很大，是从下面打开的。检查时发现窗框上有些血迹，卧室的地板上还有几滴。拉开前屋的一个帘子，在后面发现了除外衣之外圣克莱尔先生的所有衣服、靴子、帽子、手表，都在那儿。从这些衣服上看不出有什么施暴的痕迹，除此之外再也没有其他与圣克莱尔有关的痕迹。他肯定是通过窗子离开的，因为没发现什么其他的出口。悲剧发生时，潮水正高，不过从窗框上的不祥血迹看，他想游泳逃生也不大可能。

“再来说说和该案有直接牵连的恶棍们吧。那个印度混混本来就是个劣迹斑斑的家伙，不过，从圣克莱尔太太的叙述看，她丈夫在窗口出现后不过几秒钟的时间他就已经在地下一层楼梯口那里了，如此说来，在此案中他至多也就是个从犯。他为自己辩白说对此事毫不知情，对租客休·布恩在楼上的行为一无所知，他也说不清失踪者的衣服为什么会出现在这个房间。

“那个印度混混的情况就这么多，现在说说那个凶恶的瘸子，他就住在三楼上，一定是最后一个见到圣克莱尔的人。他名叫休·布恩，经常到城里来的人都认识他那张丑恶的脸孔。他以乞讨为生，为躲避警察的管制常常扮作卖火柴的小贩。你可能见过他，沿针线街往前没多远，街左边一个墙角里，他每天就坐在那里，盘着腿，膝盖上摆着几盒火柴。由于他样子可怜，总不断有过路的行人发善心把小钱丢到他身边的一顶油腻的皮革帽子里。之前我曾不止一次观察过这个家伙，后来想到要了解一下他行乞的情况，而他在一会儿工夫的收入让我深感吃惊。你知道，他的形象非常特别，路过的没有不看他一眼的。一头扎眼的红色头发，本就苍白的脸孔上有块可怕的伤疤，使得脸都变了形，由于伤疤紧绷，把上唇外面的皮肤挣得卷了上去，下巴跟斗牛犬似的耷拉着，目光锐利，眼珠漆黑，和头发的颜色对照鲜明。这一切使得他和普通乞丐不同。而且他也很聪明，路人投给他什么东西都欣然接受。而就是这么一个人，我们现在了解到他住在烟馆的楼上，这是最后一个见到失踪者的人。”

“可他的腿有残疾！他一个人又怎能把一个身体正当年的人怎么样呢？”我插嘴说道。

“残疾是对于他跛脚而言，但从其他方面看，他显然发育良好并且非常强健。华生，根据你从医的经验，是不是一个人某个肢体不方便，其他肢体就会格外有力来弥补？”

“嗯，是的，请继续。”

“圣克莱尔太太看到窗户上的血迹就晕了过去，警察找了辆马车把她送了回去，她留在那里对侦查一点用处也没有。负责本案的巴顿巡长仔细察看了所有房间，但没有发现有助于破案的线索。不过他犯了一个错误，那就是没有立即逮捕布恩，而是隔了几分钟，这就给了布恩和他那个印度朋友串供的机会。不过他很快就纠正了错误，对他进行逮捕审查，可是并没有发现可以将他定罪的证据。他右手袖子上是有些血迹，但是他左手无名指第一指节处有个伤口，说血是从那里流出来的，还说不久之前他去过窗子旁边，那里发现的血迹无疑也是这么来的。他拒不承认见过圣克莱尔；还发誓说，对于在他房间里发现的衣服，他和警察一样摸不着头脑。至于圣克莱尔太太说在他窗前见到了她丈夫，他认为她一定是疯了，要么就是在做梦。后来，尽管他大声抗议，还是被带到警局去了。巡长留了下来，以图在退潮后能找到些新线索。

“尽管没有发现圣克莱尔的尸体，当然大家也不愿意看到，不过等待也确实有了效果，退潮后找到了他的上衣，毫无遮掩地遗留在退潮后的泥滩上。你猜他们在他衣袋里发现了什么？”

“猜不着。”

“我想你也猜不着。每个口袋里竟然都装满了硬币，总共四百二十一个便士，还有二百七十个半便士。难怪衣服没有被潮水冲走。不过，人的躯体就不是一回事了。房子和码头间的小河流退潮时水势很猛。看来很可能是这件沉重的上衣留了下来，而被扒去衣服的躯体给冲进大河里去了。”

“不过，我记得他别的衣服都在房间里找到了，难道他身上只穿着一件上衣就被推出去了不成？”

“那倒不会，不过这事也有一种可能。假设，这个布恩把圣克莱尔推出窗外——当然这事没人亲眼见过，只是假设——那他接下来该做什么呢？当然会立即想到需要处理掉那些有可能会暴露实情的衣服，他会把这些衣服抓起来准备扔出去，突然又想起衣服会漂着沉不下去。而他听到那位妻子要闯上来，也有可能是听到他的印度同伙报信说街上有一批巡警正在迅速赶来，对他来说时间已经不多，刻不容缓，他冲到他贮藏乞讨得来的钱币的地方，大把大把地抓起硬币尽可能地往口袋里装，以确保上衣能够沉到水底，然后把上衣扔了出去。他还想用同样的方式处理其他的衣服，可这时听到楼下传来上楼的脚步声，就连忙把窗子关上，警察就出现了。”

“听起来确实有这种可能。”

“我们姑且把它当作一条说得过去的假设吧，现在还没有更好的解释。我刚才说过，布恩被带到警局关了起来，不过一直没有什么证据可以对他进行指控。人人都知道他几年来一直以乞讨为生，生活很平静，并没犯过什么罪。于是事情就成了现在这样了，一些该解决的问题还是没有得到解决——圣克莱尔到鸦片烟馆干什么去了？他在那里都发生了些什么事？他现在又去了哪里？休·布恩和他的失踪又有什么关系？我承认，我实在想不起经历过的案子中有哪一件能像这个一样,乍一看非常简单,可是却出现了这么多困难。”

就在福尔摩斯详细叙说着这一连串怪事的时候，我们的马车已经飞快地跑过这座大城市的郊区，把零零落落的几所房子甩在身后，伴着两侧的乡间树篱向前疾驰。他讲述完时，我们正在通过两个住房稀稀拉拉的村庄，有几户窗子里还闪着灯光。

福尔摩斯说：“我们到李镇郊区了，这短短的一路上我们路过了三个郡县，从米德尔赛克斯郡动身，路经萨里郡的一角，现在在肯特郡。看到树丛中透出的灯光了吗？那就是锡达斯庄园，我敢肯定灯下正坐着一个忧心忡忡的女人，在竖着耳朵听我们的马蹄声呢。”

我问他：“你干嘛不在贝克大街自己的住处办这个案子呢？”

“因为还有很多事必须要在这里查。圣克莱尔太太给我准备了两间房子供我来用。你放心，她一定会欢迎你这位我的朋友兼搭档的。不过，华生，我不想见她，她丈夫的消息我一点都没弄到。我们到啦！吁——吁——”

我们在一座大别墅前停住马车，一个马童跑过来，拉住马头。我跳下车来，跟着福尔摩斯踏上一条弯弯曲曲的碎石小道走向楼前。随着我们的走近，门一下打开了，一个金发碧眼的小巧女人站在门口，身着一件浅色的薄绸衣服，领口和手腕处缀饰着少许粉色的雪纺绸花边，灯光映衬下她玲珑的身材备显曼妙。她一手扶门，一手半举，微微弯腰，头略前伸，神情热切地看着我们，轻启双唇就等着我们走近询问情况了。

起先，看着我们是两个人，她还满怀希望地冲我们喊道：“怎么样？还好吗？”不过看到我搭档耸肩摇头的样子，就只有叹息了。

“没有好消息吗？”

“没有。”

“也没有坏消息吧？”

“没有。”

“噢！谢谢老天！请进！忙了一整天，您一定很累了。”

“这位是我的朋友，华生医生。过去有许多案子，他都帮了我的大忙。很幸运能让他来和我一起调查。”

“很高兴见到您。”她热情地和我握手，说，“安排不周之处请您见谅。您知道这样的打击对我实在是太突然了。”

我回答说：“亲爱的太太，我是个老兵，不会挑剔。其实即使不是您也无须客气。若能对您或是我朋友有所帮助，我会非常高兴。”

我们说着走进了一间灯火明亮的餐室，桌上已经摆好的饭菜都凉了。她说：“福尔摩斯先生，我想直截了当地问您一两个问题，也请您坦率地回答我。”

“当然，夫人。”

“你不用顾忌我的情绪，我不会歇斯底里，也不会再次晕倒。

我只想听听您真实的看法。”

“您指哪个方面？”

“您说心里话，您认为内维尔还活着吗？”

福尔摩斯似乎对这个问题非常尴尬，她又一次重复道：“请说实话，说啊！”她在地毯上站着，低头紧张地看着坐在藤椅里的福尔摩斯。

“那么，说实话，夫人，我不这么认为。”

“你认为他死了？”

“是的。”

“是让人谋杀的吗？”

“我说不上，也许吧。”

“他是在哪天遇害的？”

“周一。”

“那，福尔摩斯先生，请您为我分析一下我今天为什么会收到他的来信呢？”

福尔摩斯就像触电一样，一下从椅子里跳了起来，叫道：“什么？”

“是的，就是今天收到的。”她站在那里，微笑着，手里举着一张小纸条。

“我能看看吗？”

“当然可以。”

他一把抓过纸条，在桌上摊开，挪过灯来，仔细地查看起来。我也离开座椅，走到他身后注视着那张纸条。信封很粗糙，盖的是格雷夫森德邮局的邮戳，日期就是当天，准确点说是昨天，此时业已过午夜很久了。

“字迹潦草，”福尔摩斯喃喃说道，“夫人，这信封显然不是您丈夫的笔迹。”

“不错，不过纸条是他写的。”

“我觉得不管这信封是谁写的，他肯定问过您的地址。”

“您为什么这么说？”

“你看，这上面的名字墨迹很黑，说明这墨水是自行风干的。而其余的字呈灰色，表明用吸墨纸吸过。如果是一气写成，再用吸墨纸，那就不会有深黑色的字迹了。这个人一定是先写了名字，过了一会儿才写地址，只能说明他对地址不熟。这自然是件小事，不过小事才最重要。现在让我们看看信吧。哈！还附着一件东西呢。”

“是的，有枚戒指，他的印章戒指。”

“您确定这就是您丈夫的笔迹吗？”

“是他的一种笔迹。”

“一种笔迹？”

“他写得很匆忙时就是这种笔迹，尽管和平常不一样，不过我很确定。”

上面写着：

亲爱的：

不要害怕，一切都会安然无恙的。我犯了个大错，需要点时间纠正。请耐心等待。

内维尔字

“这是用铅笔在一本八开的书本扉页上写的，纸上没有水印。嗯！今天在格雷夫森德由一个拇指上很脏的人邮寄出的。嗬！信封是用口胶粘的，我要是没有搞错，他应该一直嚼着烟草呢。夫人，您确定这是您丈夫的笔迹吗？”

“绝对错不了，就是内维尔写的字。”

“还是今天自格雷夫森德寄出的。呃，圣克莱尔夫人，看来乌云已开始消散，不过我还不敢妄下定论说危险已过。”

“不过，福尔摩斯先生，他一定还活着啊。”

“是的。除非有人巧妙地伪造笔迹来扰乱我们的视线。毕竟那枚戒指证明不了什么，它完全可以从他手上取下来的。”

“不会，不会。那可是他的亲手笔迹啊！”

“一点不错，不过这也可能是他周一写好却今天才寄出的啊。”

“这倒有可能。”

“要是这样，这段时间会发生很多事。”

“噢！福尔摩斯先生，请您不要给我泼冷水。我知道他一定没事。我们心心相印，他有什么不幸我一定能感知到的。就在我最后一次见他的那天，他在卧室割破了手指，而我当时正在餐室，却强烈感觉他出了什么事，就马上跑上楼去看他。你想，我对这种小事都有感应，他要遇害我能一无感知吗？”

“我见过很多这种事情，知道一个女人的感觉可能比推理家的理性推理还要更有价值。通过这封信，您确实找到了一个很强有力的证据来印证您的看法，不过，要是您丈夫他还活着，还能写信，干嘛不回家来陪您呢？”

“我想不明白，这确实很难想象。”

“周一那天他离开时，对您讲过什么吗？”

“没有。”

“您在斯万达姆巷见到他，感到惊奇吗？”

“非常震惊。”

“当时窗子是开着的，对吗？”

“对。”

“那他就有可能叫您了？”

“有可能。”

“可是我记得他只是含糊地喊了声。”

“不错。”

“您觉得他是在向您呼救，对吗？”

“是的，他还挥舞了双手。”

“可是，也有可能是因为惊讶叫出来的啊。看到您非常意外也可能会使他举起双手啊。”

“也有可能。”

“您感觉他是被拽回去的，是吗？”

“当时他突然一下就不见了。”

“也有可能是他自己跳回去了。在房间里您没看到其他人吧？”

“没有。可是那个长相恐怖的人承认在那里待过，还有那个印度人就在楼下。”

“一点不错。就您所看到的，您丈夫还穿着平常穿的那件衣服吗？”

“就没戴硬领没扎领带，我看到他露着脖子。”

“他之前提到过斯万达姆巷没有？”

“从没提过。”

“他有过抽鸦片的迹象吗？”

“从来没有。”

“那好，谢谢您，圣克莱尔夫人。这些是我想彻底弄清楚的几个要点。我们现在得吃点晚饭，然后就去休息。明天可能要忙上一整天呢。”

我们休息的房子很宽敞也很舒适，放着两张床。我很快就躺到床上盖上了被单，经过这一夜的奔波，我早已精疲力竭了。可福尔摩斯却是这么一种人——一有解决不了的难题就会一连数天甚至一周不休息，还要反复思考，一再梳理掌握的所有情况，从各个角度查看这个难题，一直要到将问题解决，或者确信材料尚不充足才肯罢手。我一眼就看出他今晚要通宵坐着琢磨问题了。他脱下上衣和背心，穿上一件宽大的蓝色睡衣，然后把他床上的枕头和椅子里的靠垫归拢到一起，弄成沙发床的样子，盘腿靠在上面。面前放了一盎司味很重的烟丝，还有一盒火柴。透过昏暗的灯光，我看到他斜靠在那里，嘴里叼着一只旧石楠烟斗，眼睛直勾勾地盯着天花板的一角，蓝色的烟雾从他嘴里喷出，缭绕上升。他默不做声，一动不动，灯光中他坚挺的鹰钩鼻昭显出他坚毅的个性，慢慢地我就睡着了。后来我大叫一声从梦中惊醒过来，看到他还在那里坐着，此时天已大亮，夏日的太阳已经照进了房来。他那烟斗还在嘴里叼着，

烟雾依然缭绕上升，整个屋子弥漫着厚厚的烟雾。而昨晚看到的那

一堆烟丝已经一点儿不剩了。

“醒了，华生？”他问道。

“醒了。”

“愿意一早就赶车出去吗？”

“当然。”

“那就穿衣服吧，还没有人起床呢。不过我知道小马童睡觉的地方。我们很快就能把这个圈套解开了。”他边说边笑，双目闪烁放光，跟昨晚冥思苦想的状态相比判若两人。

我穿衣时看了一眼表，难怪都还没起床，此时才四点二十五分。我刚刚穿好衣服，福尔摩斯就回来说马童正在套车。

“我要验证一下我的一个小想法，”他说着，提上了靴子，“华生，我认为你面前站着的是全欧洲最蠢的一个傻瓜。我真该让人一脚踢到查林十字街去！不过我想我找到解决这个事件的钥匙啦。”

听到这里我笑了：“在哪里找到的？”

“盥洗室，”他回答道，“噢，是的，我不是在开玩笑。”他看我有点不相信的样子，接着说：“我刚刚去过那里，并且把‘钥匙’取出来了，就在这个旅行袋里。走吧，伙计，让我们看看‘钥匙’能不能对上‘锁’。”

我们蹑手蹑脚地走下楼梯，出得房来，走进清晨明媚的阳光之中。路边停着我们的马车，那个衣服都还没穿好的小马童在马头一旁等着。我们两人跃上马车，快速赶上通往伦敦的大道。路上有几辆从乡村赶来往城里运送蔬菜的大车在移动着，而两旁的一排排别墅仍然沉寂无声，死气沉沉，跟还在梦中的城市似的。

“从几点上看这是个奇案，”福尔摩斯说道，随手抽了一鞭让马跑得更快些，“我必须承认，我先前跟只鼹鼠一样眼不睹物，不过迟来的精明总比一直糊涂的好。”

我们驱车穿过萨里郡一带的街道时，起得最早的城里人才睡眼惺忪地开始望向窗外。我们很快驶过滑铁卢桥，到了河的对岸。又疾驰过威灵顿大街，然后向右急转弯，来到了弓街警务局，福尔摩斯跟这里的警务人员很熟，门前两个警察跟他打了个招呼，其中一个牵住马头，另一个带着我们走了进去。

福尔摩斯问："现在谁当值？"

"是布雷兹特里特巡长，先生。"

"啊哈，布雷兹特里特，你好！"一个身材高大健硕的警官沿着石板甬道走了下来，他头戴鸭舌帽，身穿夹克衫。

"我想跟你私下谈谈。"

"可以，福尔摩斯，到我房间来吧。"

这是一间面积不大、类似办公室的房间，桌上有本厚厚的分类记录册，墙上挂着一部电话机。

"福尔摩斯先生，有什么可以效劳的？"

"我要见见乞丐休·布恩，他被控与圣克莱尔先生的失踪案有关。"

"是的，他被押到这里来候审的。"

"哦，我听说了。他现在在这里吗？"

"在单人牢房里。"

"他老实吗？"

"呃，他倒不惹麻烦。不过这家伙真脏。"

"脏？"

"对，我们只是让他洗干净了双手，可是他的脸还跟补锅匠的一样黑。他的案子要是定了，还真得按监狱规定好好洗个澡。我想你见了他，也会认为他该好好洗洗澡了。"

"我倒很想见见他。"

"是吗？那很容易，随我来。你可以把包放在这里。"

"不用，我还是带着吧。"

“也好，这边来吧。”他带着我们走下一条甬道，打开了一道上了门闩的门，顺着一个旋转楼梯下去，来到一段墙上刷了白灰的走廊，两侧各有一排门。

“右手边第三间就是他的牢房。”巡长说，走到门口轻轻拉开门上的一块遮板，往里看了看，“这就是，他睡着了。你们可以看得很清楚。”

我们两个透过小格子往里看去，囚犯正面朝我们沉睡着，呼吸缓慢低沉。他中等身材，穿着质地不好的破衣服，贴身一件染过色的衬衣从破烂的上衣缝里露了出来。确实像巡长说的那样，他真的很脏。不过污垢还是遮不住他那张有点可憎的丑陋面容，脸上从眼边到下巴处有一道旧伤疤，伤口紧绷，把上唇的一边往上吊起，露出了三颗牙齿，就像一直在号叫似的，一头扎眼的亮红头发很长，遮住了双眼和前额。

“很漂亮吧！”巡长说。

“他确实该好好洗洗了，”福尔摩斯说，“我原来就知道他该洗洗了，还特意把洗漱用品带来了。”他一边说着，一边打开旅行袋，令我惊讶的是，他竟然拿出了一块很大的搓澡海绵。

“哈哈！你真会搞怪！”巡长笑着说。

“呃，请你把牢门轻轻打开，咱们把他变得体面点。”

“好，那怎么不行？”巡长说，“他这副尊容可让弓街看守所有点不大体面，对吧？”他轻轻把钥匙插进锁眼，打开房门，我们悄悄地走进牢房。那家伙侧了侧身，又睡着了。福尔摩斯弯腰在水罐里蘸湿了海绵，在囚犯的脸上使劲左右上下擦了两下。

“我来给你们介绍一下，”他大声说道，“这位就是肯特郡李镇的内维尔·圣克莱尔先生。”

我一辈子也从没见过这种情景，经过海绵搓揉后，那人的脸皮就像剥树皮一样脱落了下来，那粗糙的棕色不见了，脸上横着的那道伤疤，还有那个歪斜的嘴唇使得脸上露出的可憎冷笑也消失不见了。那头乱蓬蓬的红头发一扯也掉了下去。这时，床上那个人坐了起来，面色苍白、满面愁容、长相俊朗、头发乌黑、皮肤光滑。他揉揉眼睛，睡眼矇眬地呆呆看着四周，忽然意识到事已败露，尖叫一声，把脸埋进枕头里。

“老天哪，”巡长大声喊道，“这，竟然就是那个失踪的人。我认识他的相片。”

那个囚犯转过身来，摆出一副死猪不怕开水烫的模样：“就算如此，你们又能告我什么罪呢？”

“控告你谋杀了内维尔·圣……呃，不可能定这样的罪，最多算是自杀未遂。”巡长笑着无奈地说，“我当了二十七年警察，还数这事算得上独一份了。”

“我的身份要是内维尔·圣克莱尔，那显然我没有犯什么罪，并且我受到了非法拘留。”

“没犯罪，却犯了个很大的错误！”福尔摩斯接口说道，“你要是信得过你自己的妻子的话，可能就不会这么糟了。”

“倒不在于我妻子，关键是孩子们，”那囚犯痛苦地低声说道，“老天哪！我不想让他们为父亲感到羞耻。噢！上帝！这要是传出去，我可该怎么办啊！”

福尔摩斯在他身边坐了下来，轻轻拍了拍他的肩膀，对他说：“你要是等着让法庭去查清楚这事，那难免会张扬出去。不过，你要是能够让警方相信此事不足以对你指控，我想案子的细节是没有理由会透露给报纸的。我相信，布雷兹特里特巡长会把你告诉我们的记录下来提供给有关部门，这样，案子就不会提交到法庭了。”

听到这些，那囚犯神情激动地叫了起来：“愿上帝保佑您！我宁愿坐牢，唉，甚至被处以死刑，也不愿意让我这可耻的秘密成为家庭的污点，让孩子们受到影响。

“你们是头几个听我介绍自己身世的人。我父亲是切斯特菲尔德一个学校的校长，在那里我受到过良好的教育。我年轻时各处旅行，喜欢演戏，后来成了伦敦一家晚报社的记者。一天，主编提出想要做一次反映伦敦城乞讨生活的系列报道,我自告奋勇参与其中。我的奇遇就是从那时候开始的。要想搜集到写文章的事实材料，我只能装扮成乞丐去行乞。当然，我在做演员的时候学到了所有化妆的技巧，还曾因技术出色而在后台小有名气。此时，我正好用得上这个本事。我用油彩把脸上弄脏，为了尽可能地装出可怜的样子，还用一小块肉色的橡皮泥做了一个很像的伤疤，贴在脸上，使得嘴唇外咧。然后戴上红色的假发，找了套合适的衣服，在商业区里找了个地方，打着卖火柴的幌子开始乞讨。我就这样干了七个小时，回家时惊讶地发现我竟然讨到了二十六先令六个便士。”

“我把报道写完后就没再想这件事。直到后来有一天，我为一个朋友做了一次支票担保，结果却收到一张法院传票，要我赔付二十五镑。我弄不到钱，实在无计可施了，突然有了主意。我请求债主宽限我半月时间，然后向老板请了假，接着就化妆到城里乞讨去了。不到十天我就凑够了钱，还上了债。

“唉,你们可以想象,只需要在脸上涂点色彩、把帽子放在地上、静静坐着，一天就能赚到两英镑，这都赶上我稳下心来辛辛苦苦地干上一周赚的钱了。在知道了这些后再让我选择后者那实在太难了。我内心斗争了好长一段时间，到底是该要面子还是要钱，最后还是金钱占了上风。我辞掉记者工作，一天天地坐在我最初选好的角落里，借着可怕的丑脸博得点同情，然后我口袋里就装满了铜板儿。只有一个人知道我的秘密，他是一个地下烟馆的老板。我在斯万达姆巷时就在他那里住，早晨化妆成一个邋遢的乞丐出去，晚上再着装整齐出去转转。我付给了那家伙，就是那个印度人高额的房租，因此他会为我保密。

“很快，我就攒了一大笔钱。我的意思并不是说任何乞丐在伦敦街头都能一年弄到七百镑，我的平均收入比这还要多。可是我会化妆，也灵活，并且这两样本事还越来越熟练，这就让我有了独到之处，城里的人都很眷顾我。一整天，硬币不断地进入到我的口袋，偶尔还有银币，很少会一天赚不到两镑。

“有钱了，心也野了。我就在乡村买了房子，后来还结了婚，没有人怀疑到我的职业。我可爱的妻子只知道我在城里营生，不过不知道我确切干什么。

“上周一，我结束了一天的乞讨之后，正在鸦片烟馆楼上的房子里换衣服，忽然看到我妻子站在街口，眼睛看着我，这让我十分惶恐。我忍不住惊叫一声，连忙举起手臂遮住脸，然后跑去找我那个印度人知己，告诉他要阻止任何人上来找我。我听到她在楼下发出的声音，不过知道她一时还上不来。于是我迅速脱掉衣服，换上行乞用的那套，做好装扮，打扮得就算是细心的妻子也认不出来。不过我马上想到，这间屋子很快就会被搜查，而那些衣服可能会让我暴露。于是我连忙打开窗子；由于用力过猛，把早晨在卧室里不小心割破的伤口又给挣破了。我乞讨的钱原本都装在一个皮袋里，为了让衣服沉底，我把它们都装到了上衣的口袋里，然后把它从窗子里扔进了泰晤士河。正要处理其他衣服的时候，警察就冲了上来。说实话，没人认出我是内维尔，却把我当成杀害他的凶手抓了起来，这还真让我挺欣慰的。

“不知道是不是还有什么需要解释的，我当时下定决心尽可能地保持我化妆过的样子，因此宁愿脸上脏点也不想洗。我知道我妻子一定非常焦急，就偷偷取下戒指，趁警察不注意塞给那个印度人，还匆匆写了个纸条，告诉她不必担心。”

福尔摩斯说：“她昨天才收到你的纸条。”

“上帝啊！这一周她可该多么难熬啊！”

布雷兹特里特巡长说："警方对他实施了监控，完全可以理解他要在不被发现的情况下寄出一封信，有多么的困难。他很可能把信托付给哪个当船员的顾客，而那家伙几天来却给忘了。"

"应该就是这样，"福尔摩斯点点头，表示赞同，"我对此没有什么异议。不过你靠欺骗行乞，就没人揭发过你吗？"

"有过很多次了。不过最多罚点款，这又算得了什么呢？"

布雷兹特里特巡长回应说："不过，你必须停止行乞，如果想要警察局不张扬你的丑事，休·布恩必须消失。"

"我已经发过毒誓，不再干了。"

"既然这样，我就不再深究了。不过一旦再次发现你行骗，我们就全部给你抖出去。福尔摩斯先生，您能把这个案子查清，我们表示万分感谢。我很想知道您是靠什么破案的呢？"

福尔摩斯回答说："全靠那五个枕头，还有那一盎司烟丝。华生，我想我们现在乘马车回贝克大街应该正好赶得上吃早饭吧。"

蓝宝石案

那是圣诞节刚过的第二天，我去拜访老朋友福尔摩斯同时还祝他节日快乐。当我到的时候，看到他穿着件紫色睡衣懒洋洋地半躺在沙发上，右边桌子上放着烟斗，前面是一大堆刚读完的各种晨报，沙发旁边的木椅椅背的拐角上挂着顶又脏又破根本没法戴了的硬毡帽，椅子上的那把放大镜和一把镊子表明是为了方便检查才把帽子这么挂着。

"你正忙呀？"我说，"没打扰你吧？"

"没有。我很高兴有位朋友来和我聊聊检查的结果。尽管事情不大，"他指了指那顶旧毡帽，"但与它相关的一些问题并不枯燥无味，甚至还能给我们提供一些教益呢。"

当时已经下霜了，窗子上结着一层厚厚的霜花，挺冷的。我靠壁炉坐下，把手伸到烧得很旺的炉火跟前取暖。"我猜呀，"我说道，"尽管这顶帽子看起来没什么，可它肯定关联到什么生死攸关的事——它是能帮你解开某个谜团、帮你逮住罪犯的线索。"

"不，不关系到犯罪，"福尔摩斯笑着说，"只不过是件怪怪的小事而已。四百多万人挤在就那么几万平方英里的地方，互相撞一下是很平常的事，在那些尔虞我诈、你争我抢的人们中，不管发生什么事都很正常，而其中很多小事情看起来稀奇古怪，但不一定就是犯罪。我们有过类似的经历了。"

"是的，"我说，"我新近记录的六个案件中就有三个算不上犯罪。"

"确实如此。你让我想起了安娜·阿德勒相片事件，玛丽·萨瑟兰小姐的离奇经历以及那个歪嘴唇男人的冒险故事。我肯定，现在这件小事也算不上法律范畴内的犯罪。彼得森你认识吧？在警察局门口值班的那个？”

“认识。”

“这帽子是他拿来的。”

“帽子是他的吗？”

“不，这帽子不知是谁的，他是捡来的。你别只把它当破帽子看，把它当作一道智力题吧。我先给你说说它的来历。事情是这样的：圣诞节凌晨四点，彼得森从一个小宴会出来，正沿拖腾汉姆法院路回家。你是知道彼得森的，他为人很老实。借着煤气街灯的灯光，他看见有个背着一只白鹅的高个子男人一踉一跄地在前面走着。走到古基街拐弯的地方，高个子突然和几个流氓打起来了。一个流氓把他的帽子打落在地。为了自卫，他操起棍子四下挥舞着。结果棍子碰到了身后商店的橱窗，把玻璃打碎了。彼得森冲上去想帮这个高个子一把，结果那人因为打破了玻璃惊慌不已，一看见有个穿警服的人冲过来了，扔下东西拔腿就跑，很快就跑到法院路后面那条弯弯曲曲的小巷里头不见了。那些小流氓看见彼得森后也溜了。这样一来，现场只剩下他和两样东西，一顶破毡帽和一只上等的圣诞大肥鹅。”

“他肯定物归原主了吧？”

“老兄，问题就出在这。这只鹅的一只脚上拴着张小卡片，上头写着‘至贝克夫人’；帽子里头也有姓名的缩写‘H·B’。可在这座城里面，姓贝克的成千上万，叫亨利的也成千上万，要把东西还给失主可真难哪！”

“那彼得森怎么办？”

“他知道我即使是芝麻大的事情也是有兴趣的，所以他当天一大早就把鹅和帽拿到我这儿来了。我们把鹅留到了今天，尽管天冷，但为了别让它坏掉还是吃了的好。所以彼得森拿走了鹅，而我把那位丢了圣诞美味、尚不知来历的先生的帽子给留下了。”

“他没登遗失启事？”

“没有。”

“那你现在有线索了吗？”

“只能凭帽子推测了。”

“就凭这顶帽子？”

“对。”

“你开玩笑吧！凭这顶破帽子你能推测出什么？”

“给你放大镜，你是知道我的方法的，看你能从这顶帽子推测出它主人的个性不？”

我拿起帽子仔细打量，但一无所获。这是一顶普通的黑色圆毡帽，又硬又脏，变了色的红色丝质衬里上没印厂商的牌号，却草草地写着人名的缩写字母“H·B”，帽沿上虽然有用来系松紧带的洞洞，但松紧带却没看见。最滑稽的是，几个补丁上面涂了墨水作掩饰。总之，这是顶很破的帽子，积了一层厚灰的帽子。

“我看不出什么东西。”我把帽子递给福尔摩斯。

“不，华生，你全看见了。只是你推测不出什么，你应该大胆地提出自己的看法。”

“还是请你来告诉我，你推论出了什么吧。”

他拿起帽子，用他独特的眼光盯着。“这帽子能给予的启示可能是少了点。”他说，“但有几点是很明显的，另外几点也很有可能。我一眼就能看出帽子的主人很有学问。尽管他现在景况不好，但三年前他的生活还是很富裕的。这人以前很有眼光，如今不行了。他家道中落，精神也振作不起来了，似乎是因为某种不良的影响，或者养成了酗酒的恶习。这说明他妻子不再爱他了。”

“行了，亲爱的福尔摩斯！”

“可不管怎样，他还是有点自尊心。”他装作没听见我的抗议，“他是个深居简出的中年人，过着隐居生活，很少运动，灰白的头发洗过不久并且打了点柠檬油。这些都能从帽子上很明显地看出来，再补充一点，他家里肯定没装煤气灯。”

“你开玩笑吧，福尔摩斯。”

“绝不是开玩笑。我都告诉你推断结果了，难道推断过程你还不清楚吗？”

“我知道我很迟钝，老实说，我实在跟不上你的思路。比如吧，你是怎么推断这个人很有学问的？”

福尔摩斯把帽子扣到自己脑袋上，帽子正好把他的前额给罩住，“这是个脑容量的问题。这么大的脑袋里面准装了不少东西。”

“那他的家道中落又怎么解释呢？”

“这帽子是三年前买的，这种帽檐平、帽边卷的帽子当时很流行，而且它质地一流。瞧瞧这丝带和华贵的衬里！这人三年前能买得起这么贵的帽子，此后竟然没买过别的帽子了，当然是家道中落了。”

“好啦，这点我知道了。你说的这人‘有远见’，‘精神振作不起’

又是怎么看出来的？”

“看这里，这表明他有远见。”福尔摩斯笑着指着钉松紧带用的小圆盘上，“这帽子本来没有这东西，是他怕帽子被风吹走，自己加上去的，这说明他有一定的远见；可松紧带掉了之后，他换都没换，这说明他今不如昔，心灰意冷。而他把墨水涂到补丁上，说明他还有一点儿自尊心。”

“说得倒也有理。”

“至于别的——中年人，头发灰白，刚洗不久，打了柠檬油之类的，全是由仔细检查帽子的衬里后发现的。用放大镜可以看到许多刚剪下的发屑，它们有点柠檬油的味道。还可以看到，帽子上的灰尘不是街上夹有沙粒的尘土，而是房里那种绒毛似的灰尘，这表明帽子大部分时间是在墙上挂着的。帽子衬里上的湿印子表明他曾大量出汗，说明他以前很少运动。”

“那他妻子——你说她不爱他了，怎么解释？”

“这帽子不知有多久没刷了。假如哪天我看见你时，亲爱的华生，你帽子上积了好多灰尘，而你太太竟让你这么戴着出来，恐怕你是不幸失去了她的爱了。”

“说不定他是个单身汉呢？”

“不可能。因为那天晚上他正准备把那只鹅带回家给妻子，以表示爱意。你难道忘了系在鹅脚上的那张卡片？”

“所有的问题你都解决了，但你到底凭什么说他家没安煤气灯呢？”

“一两滴蜡烛油可能是偶尔沾上的，但我至少发现了五滴，显然他是经常接触蜡烛的。也许他经常一手拿蜡烛一手拿帽子上楼什么的，总之他的帽子在有煤气灯的情况下不会沾这么多蜡烛油。对我的解释你满意了吧？”

“嗯，思维够巧妙的。”我笑了起来，“可你说这算不上犯罪，只不过是丢了一只鹅而已，你这样说是不是有点武断？”

福尔摩斯刚要回答，门猛然被推开了，那个站岗的彼得森满脸通红、惊慌失措地冲了进来。

“那只鹅，福尔摩斯先生！”他上气不接下气地说。

“鹅？怎么了？是不是它复活了，从窗口飞走了？”福尔摩斯转过身看着那张很激动的脸说。

“先生，你看我太太在鹅肚子里发现了什么？”他把手掌摊开，一颗比黄豆稍小、闪闪发光的蓝宝石光芒四射，电光一样在他黝黑的掌心闪烁。

福尔摩斯打了个呼哨站了起来。“天哪！彼得森！”他说，“这可是件珍品啊，我想你一定知道这是什么吧？”

“是钻石吧，先生？那种切玻璃就像切泥的宝石。”

“不但是宝石，而且是——”

“是莫夫伯爵夫人的那颗蓝宝石！”我惊叫着。

“就是它。最近的《泰晤士报》每天都有这颗宝石的一些故事，看得我连它的形状和重量都了如指掌了。这是颗举世无双的宝石，它的价值不好估量，但作为悬赏的一千英镑肯定还不及它实际价值的二十分之一多。”

“一千英镑！老天！”彼得森跌坐在椅子上，眼睛瞪得大大的。

“那不过是赏钱而已。我想，只要能找回这颗宝石，伯爵夫人把一半家产送给找到宝石的人都愿意。”

“如果我没记错，”我说，“这宝石是在世界宾馆丢失的。”

“是的，而且是在十二月二十二日，也就是五天前。一个叫约翰·霍纳的管道工被起诉，说他从伯爵夫人的珠宝箱里偷走了这颗宝石。因为有人作证，这个案子很快就到法庭审理了。我想，我应该有关于这事的报道。”他在那堆报纸中翻找着，最后终于找到一张，把它压平，对折起来，他拿起念道：

"'世界宾馆'宝石盗窃案。约翰·霍纳，现年二十六岁，管道工，因本月二十日盗窃莫夫伯爵夫人一贵重蓝宝石而被起诉。宾馆领班詹姆斯·赖德证明说，案发当天，他曾带约翰·霍纳到楼上莫夫伯爵夫人的化妆室去焊接有些松动的壁炉栅栏。他再次进入化妆室时，发现霍纳已经离开，而梳妆台已被撬开，台上有一个空空的摩洛哥首饰盒。他后来才知道伯爵夫人的宝石一直是放在里头的。赖德立刻报了案，霍纳当晚被捕，但未发现其身上和家中藏有宝石。伯爵夫人的女仆凯瑟琳证明，她曾听到赖德发现梳妆台被撬时发出的惊叫，并说她跑进房间，看见的现场和证人说的一样。警察局二队巡官布拉兹特里特证明说，霍纳归案前拒捕过，并竭力申辩自己是无辜的。但有人指证他有偷窃前科，因而情况对该犯极为不利。地方法官为谨慎行事，已将此案交巡回审判庭处理。霍纳在审理过程中紧张异常，宣布判决时昏了过去，最后被抬出法庭。

"哼，警察局和法院就提供了这点情况。"福尔摩斯把报纸甩到一旁，若有所思地说，"那头是首饰盒失窃，这头是托腾汉姆法院路捡到的肥鹅肚里发现了宝石。我们得把连在这两头中间的事情经过给弄清楚。华生，你知道了吗，我们原先的推理突然涉及到了一个非常重大而且非常复杂的问题了，这就是那颗被盗的宝石，它是从鹅肚子里找到的，鹅是亨利·贝克先生的，也就是这顶破帽的主人的。不知他在这个案子里扮演了什么角色。我们得把这位先生找到，找他的最简单的办法莫过于在所有晚报上登一则启事了。要是这招不灵，就只好再另想办法了。"

"启事上写些什么呢？"

"把笔给我，还有纸。就这么写：'本人于古基街拐角处拾到白鹅一只，黑毡帽一顶。请亨利·贝克先生于今晚六时到贝克街认领。'够简明扼要的吧？"

“是的，可他能看到吗？”

“当然。他肯定会留意报纸的，对一个穷人来说，这损失太惨重了。虽然他砸了玻璃，闯了祸，让彼得森给吓得不顾一切地跑了，但事后他肯定会为丢了那只鹅而非常懊恼。还有，报纸把他的名字登了出来，所有认识他的人都会提醒他去看报的，所以他一定能看到。彼得森，给你，你赶紧把这个启事送到报社去，一定得登在今天的晚报上。”

“哪家报社，先生？”

“嗯，《环球》《明星报》《蓓尔美尔报》《圣詹姆斯报》《新闻晚报》随便哪家都行。”

“好的，先生。那宝石呢？”

“哦，宝石先放我这儿。谢谢你了，彼得森，另外，你回来的时候买只鹅带到我这儿来，我得弄只鹅给那位先生以顶替你家正吃着的那只。”

彼得森走后，福尔摩斯拿起宝石，对着光仔细地看着，“真是举世无双啊！”他说，“它多晶莹剔透！当然，它也是罪恶的根源。每颗珍贵的宝石都是魔鬼的诱饵。多棱体的每一面都可能沾着罪恶的血腥。这颗宝石是二十年前在中国的厦门发现的，它非常奇妙，虽然有红宝石的一切特性，但它却不是红色，而是蓝色的。虽然问世不久，但已经沾染了不少罪恶，为了得到这颗四十克拉重的宝石，已经发生了两起谋杀案，一起毁容案，一起自杀案，另外还有几起抢劫案。谁会想到，这么一个小玩意儿竟然成了绞刑架和监狱的供应商呢！我得把它锁到保险柜里，然后给伯爵夫人写封信，告诉她宝石已经找到了。”

“你认为霍纳是清白的吗？”

“我现在还不能肯定。”

“那你是否认为别的人，比如说亨利·贝克和宝石有牵连呢？”

“我认为亨利·贝克也有可能是清白的。他没想到手里的鹅会价值连城，即使是纯金的鹅也比不上。只要我的启事有了作用，我做一个小小的测验就可以证实这一点了。”

“在那之前就什么也不做吗？”

“什么也不做。”

“既然这样，那我就忙我的活去了。不过我今晚六点会回来的，我很想看看这桩毫无头绪的事情最后是怎么了结的。”

“我很高兴你来。我晚上七点开饭，餐桌上会有只山鹬。对了，因为今天的事情，我得叫哈德森太太好好检查一下山鹬的嗉子，看里面有没有宝石一类的东西。”

我被一个病人耽误了些时间，等我回到贝克街时已经六点半了。我走上楼，看见一个高个子男人正站在门外，从扇形窗户透出来的光正好照在他头上。他身穿带有苏格兰小帽的上衣，纽扣扣得紧紧的。我到门口时，门开了，我和他一起走进了福尔摩斯的房间。

“我想您就是亨利·贝克先生吧，”福尔摩斯说着，站了起来，一副对客人表示欢迎的平易近人的样子，“请坐靠壁炉的那张椅子吧，贝克先生。今晚真冷啊，我想你的血液循环在夏天会好一些。这是您的帽子吧，贝克先生？”

“是的，先生，是我的帽子。”

他身材高大，虎背熊腰，头大，脸宽，灰白的山羊胡，鼻子和脸颊微微泛红，手伸出时微微颤抖，完全和福尔摩斯的推断相符合。他扣得严严的大衣的领子竖立着，袖口露出一双细细的手腕。他谈吐谨慎，一副落魄文人的样子。

“东西我们留好几天了，”福尔摩斯说，“一开始我们还以为你会登遗失启事呢！你为什么不登启事呢？”

“我的腰包不像几年前那么满了，”我们的客人尴尬地笑了笑后说，“我以为我的鹅和帽子被那伙流氓拿走了呢，我根本没想过还能找回，所以也懒得花钱登启事。”

“原来是这样。哦，对了，鹅已经被我们吃了。”

“吃了？”客人激动地坐直了身子。

“是啊，要不吃，放到这个时候，准会坏的。不过，我想餐柜上的这只也能满足您的需要吧，重量和您那只差不多，挺新鲜的。”

“能，当然能。”贝克先生长舒了一口气。

“当然，您那只鹅的羽毛、爪子和内脏等东西我们还留着，你是否要——”

那人大笑起来。“除了当我那次历险的见证，”他说，“我看它们没什么别的用处了。所以，如果您同意，先生，我只想带上餐柜上的那只肥鹅。”

福尔摩斯飞快地和我交换了一下眼色，微微耸了耸肩。

“那好吧，这是您的帽子，那是您的鹅。”他说，“顺便问一下，您的鹅是从哪儿买的？我对家禽的饲养很有兴趣，而这么肥的鹅很少见。”

贝克先生把鹅夹在腋下，说：“我和几个人经常光顾阿尔法餐馆——博物馆附近那家。要知道，我们的白天是在博物馆度过的。今年，我们好心的店主，他叫温迪盖特，办了个俱乐部，会员每周交几个便士，到圣诞节，每人都能拿到一只鹅。我每次都按时付了钱，后来的事您都知道了。先生，我真得谢谢您。”他给我们一本正经地鞠了躬，神情滑稽自负，然后大步流星地走了。

“亨利·贝克没事了。”福尔摩斯把门关上后说，“他与这事无关。你饿了吧，华生？”

“不是很饿。”

“那我们把正规的晚饭改成吃便餐吧，然后趁热打铁，沿这条线索追踪下来。”

“行。”

那天晚上，寒风刺骨，我们穿上长大衣，围好围巾，出发了。晴朗的夜空有几颗星星冷冷地闪烁着；路上行人呼出的气凝成白雾，就好像开枪后飘散的烟雾一样。我们大踏步穿过医生住区，威姆波尔街、哈雷街、格莫街、牛津大街。十五分钟后，我们赶到了博物馆附近的阿尔法餐馆，这是在霍尔波恩街拐角的一家小酒馆。福尔摩斯推开门走了进去，向红光满面，围着白围裙的店老板要了两杯啤酒。

"您的啤酒肯定和您的鹅一样好。"他说。

"我的鹅？"店老板有些惊讶。

"是啊，半小时前亨利·贝克先生跟我说的，他是你的肥鹅俱乐部会员。"

"哦，我明白了！但是，先生，它们可不是我们的鹅。"

"是吗？那是谁的？"

"我是在科温特花园市场的一个推销员手上买来的。"

"推销员？我认识几个，请问他是谁？"

"布瑞金利基。"

"布瑞金利基？我不认识。好啦，祝您身体健康，生意兴隆。再见。"

"现在立即找布瑞金利基，"袭人的寒风中，他边扣扣子边说，"要记住，虽然我们这头仅仅是一只鹅这样的小事，但另一头却关系着一个人是否蹲五年牢的大事。只有我们证实他清白无辜了，他才有可能得到自由。当然，我们的调查也可能最终证实他确实有罪。但不管怎样，既然我们碰巧得到一条警方错过了的好线索，就得把它一查到底。朝南走，快！"我们穿过霍尔波恩街，沿因得尔街直往前走，穿过七弯八拐的贫民区后进入了科温特花园市场。市场内一个最大的摊档上方写着布瑞金利基的名字。我们进去时，看见瘦长脸、络腮胡的店老板正和伙计们收拾摊子。

“晚上好！今晚真冷啊！”

店老板点了点头，用怀疑的目光看着我们。

“看来鹅全卖完了。”福尔摩斯看了看大理石柜台后说。

“明早就可以给你五百只。”

“那太晚了。”

“哦，那家亮煤气灯的摊档上还有几只。”

“可别人是介绍我到你这儿买。”

“谁介绍的？”

“阿尔法餐馆的老板。”

“哦，他呀，我给他送过两打。”

“很肥的两打。告诉我，你是从哪儿进的货？”

这句话一下子惹恼了店主。

“得了吧，先生，”他脖子一歪，双手叉腰，“直说吧，你到底想干什么？”

“我已经直说了，我不过想问一下，你卖给阿尔法餐馆的那些鹅是从哪儿进的货？”

“就问这个吗？我就不告诉你，怎样？”

“不怎样，可我不明白你为什么会为这种小事发这么大的火？”

“发火？你要像我一样被人纠缠着，你也会发火的。我卖鹅是我自己的事，凭什么别人老来问？！一会儿是‘那些鹅在哪儿？’一会儿又‘你卖给谁了？’一会儿又是‘要以怎样的代价才能换回这些鹅？’这么唠唠叨叨地问个不停，好像世界上没别的鹅了。”

“对不起，我和问这些话的人毫不相干，”福尔摩斯一点儿都不生气，“既然你不肯说，那我也不问了。不过我还是坚持我的看法，我赌五英镑，赌我吃的那只鹅是在农村养的。”

“嘿嘿，你输定了。那是城里养大的鹅。”店老板说。

“不可能的。”

"我说是就是。"

"我不信。"

"别以为你对家禽比我在行，我还是伙计的时候就和家禽打交道了。老实告诉你，卖给阿尔法餐馆的那些鹅，全是在城里养大的。"

"我还是不信。"

"你真要打赌？"

"我想从你这弄点钱，我相信我是对的。我情愿赌一个金镑，好好教训你一下，以后别那么固执。"

店老板笑了，"比尔，给我把账本拿来。"他喊道。

小伙计把一个薄薄的小账本和一个大大的、封皮全是油迹的大账本拿来了，翻开后摆在油灯下面。

"好啦，固执的先生，"店老板说，"我赢定你了。看见小账本了吗？"

"怎么了？"

"这是我的进货清单。看见了吗？喏，这一页记的全是乡下人，名字后面的数字是他们记在总账上的序号。再看看另外这页，看见红墨水写的字了吗？这是我在城里的供应商名单。你给我念念第三个名字。"

"欧可夏特太太，普里克斯敦路一一七号二四九。"福尔摩斯念道。

"好啦，现在到总账后查相应的那一页吧。"

福尔摩斯翻到了相应的那一页，"在这儿，欧可夏特太太，普里克斯敦路一一七号，家禽供应商。"

"再看最后一项记的是什么？"

"十二月二十二日，二十四只鹅，每只七先令六便士。"

"好了，那下面一行呢？"

"转卖给阿尔法餐馆的温迪盖特，每只十二先令。"

“你现在信了吗？”

福尔摩斯很气恼地掏出一个金镑往柜台上一扔后，转身就走。没走多远，他在路灯灯柱下停了下来，以他独有的方式无声地笑着。

“你以后要是遇到不肯把事情真相告诉你的人，就和他打个赌，他准会把你想知道的东西泄露出来。”他说，“我敢说，刚才我给他一百镑，他也不一定会把这么完整的信息给我。华生，我想我们的调查接近尾声了。我们是连夜赶到欧可夏特太太那里去呢，还是明天再去？从店老板刚才所说的话来看，显然，除了我们，还有人对这件事很着急，我该——”

从我们刚离开的那个摊子传来的一阵吵闹声把福尔摩斯的话打断了。我们回头一看，只见一个贼眉鼠眼的男人在昏黄色的吊灯灯光里站着，而那个店老板在柜台口堵着，气势汹汹地向那个缩头缩脑的男人举起拳头。

“你和你的鹅让我烦透了！”他大声吼道，“你见鬼去吧！要再胡说八道，我就把狗放出来！你把欧可夏特太太找来吧，我跟她说！我的鹅是她卖给我的，跟你有什么关系！”

“但是，其中有一只是我的。”那小矮个男人快要哭了。

“那你找欧可夏特太太要去！”

“可她让我来找你。”

“那好，干脆找国王要去吧，我才不管呢！我受够了。你滚！”他猛地冲了出来，矮个男人拔腿就跑。

“哈！我们不用去普里克斯敦了。”福尔摩斯压低声音对我说，“来吧，看我们能不能从这家伙身上得到什么。”我们穿过那些看热闹的人，他追上那个人了，拍了一下那人的肩膀，那人立刻转过身来，我借着煤气灯看见他的脸一下子白了。

“你是谁？你想干嘛？”他声音一颤一颤地问。

“对不起，”福尔摩斯温和地说，“我听到你和那个老板的话了，我想我能帮你。”

“你？你是谁？你怎么能知道是什么事？”

“我叫夏洛克·福尔摩斯。我的职业是了解别人所了解不到的事。”

“可你不会知道这件事吧？”

“请原谅，我什么都知道。你在找布瑞金利基从普里克斯敦路的欧可夏特太太那买的鹅；他把它们转卖给了阿尔法餐馆的温迪盖特老板，温迪盖特又把鹅给了俱乐部，最后会员亨利·贝克先生得到了其中一只。”

“哎呀，先生，您就是我要找的人。”矮个男人伸出颤抖着的双手喊道，“我简直无法跟你们解释这事对我的重要性。”

福尔摩斯拦了一辆正好路过的四轮马车。“既然如此，与其在这么冷的街上谈话，不如找个舒适的地方去谈。”福尔摩斯说，“但在动身前，我想问一下先生您尊姓大名？”

那个人瞥了我们一眼后，有些犹豫地说："我叫约翰·罗宾逊。"

“不，不是，我想知道你的真实姓名。”福尔摩斯平和地说，“办事可不能用化名。”

矮个男人的脸腾地红了，“我，我叫詹姆斯·赖德。”

“这就对了。世界宾馆的领班，上车吧，很快你就可以知道事情的一切了。”

矮个男人轮番打量着我们，眼神中半是害怕，半是希望。最后，他还是和我们上了马车。虽然我们一路沉默，但从矮个男人粗重的呼吸，时而紧握又时而松开的手可以看出，他紧张极了。半小时不到，我们就到了贝克街的公寓。

“到了！”福尔摩斯打开门高兴地说，“这炉火真好。赖德先生，你好像很冷。来，坐到这个围椅上来，我换上拖鞋就来处理你的事。现在好啦，你是想知道那些鹅的下落吧？”

“是的，先生。”

“或许我该说你那只鹅。我想你只是对其中一只感兴趣，尾巴上有一条黑斑的那只吧？”

“哦，先生，您能把它的下落告诉我吗？”赖德激动地喊了起来。

“它到我这儿来了。”

“这儿？”

“是的，它真是一只了不起的鹅。你对它那么关心，我毫不奇怪。它死后还下了个蛋——天底下最漂亮、最贵重的蓝色小蛋。我把它给藏起来了。”

福尔摩斯打开保险柜，把蓝宝石拿了出来，宝石寒光四射，晶莹若星。赖德右手扶着壁炉角战战兢兢地站起来，惊愕的脸拉得老长，他不知道该放弃还是该声明宝石属于他。

“这场戏该收场了，赖德。”福尔摩斯说，“站稳点，别掉到火炉里去。华生，你扶他坐下吧，然后给他一点儿白兰地，看来他还不是猖狂之徒。行了，现在看起来有点活人样了。老天，他真瘦小啊！”

赖德喝了点白兰地后，脸上有了些血色。他坐了下来，惶恐不安地盯着福尔摩斯。

“现在我几乎了解了这个案子的全过程，也掌握了可能用得着的一切证据，所以我们其实不需要你说什么。不过，为了使这个案子更完整，我还得问你一两个问题。赖德，你以前就听说过伯爵夫人的这颗蓝宝石吧？”

“凯瑟琳·库萨克告诉我的。”他大声说。

“哦，是夫人的女仆。就像它以前引诱过好多比你还要好的人那样，它对你也很有诱惑力，可你怎么不用高明点的方法呢？赖德，我想你天生就是个狡猾的坏蛋。你知道那个叫霍纳的管道工以前犯过类似案件，所以人们很容易怀疑是他。你和你的同谋在伯爵夫人的房间做了点手脚，然后想法把霍纳叫到房间来；等他一走，你就撬开首饰盒，然后贼喊捉贼，使那个倒霉的家伙被捕了。而你——"

赖德扑通跪到地上，一把抱住福尔摩斯的双脚。"看在上帝的分上，你饶过我吧！"他尖声喊道，"我还有老父老母，他们会很伤心的。我以前从没干过坏事，今后也决不会再犯了！我发誓，我以《圣经》的名义发誓。千万别起诉我，看在基督的分上，千万别这样！"

"坐回去！"福尔摩斯喝斥道，"现在你知道求饶了，你有没有想过那个倒霉的霍纳？他很冤枉地被送上了被告席！"

"我会逃走的，福尔摩斯先生。只要我离开这个国家，先生，对霍纳的起诉自然就撤销了。"

"哼！这个问题我们等下再谈，现在你先向我们交代你的罪行。宝石怎么进了鹅肚？鹅又怎么弄到市场上了？从实招来或许还有活命的希望。"

赖德使劲舔着干裂的嘴唇。"我一定老实交代，先生。"他说，"霍纳被捕以后，我想得马上带上宝石逃跑，因为警察随时可能搜查我的房间。宾馆里没什么可藏东西的地方，所以我假装出去办事，去了趟我姐姐家。她家在普里克斯敦路，她丈夫叫欧可夏特，以饲养家禽为生。一路上，我觉得警察或侦探无处不在。尽管那天晚上很冷，可我赶到普里克斯敦路时，已经满头大汗了。姐姐问我为什么脸色这么苍白，是不是出事了，我说宾馆里发生了盗窃案，弄得我心神不宁。然后我抽着烟斗走到后院，盘算着怎么办才好。

"我以前有个叫莫兹力的朋友，在基尔本，他后来变坏了，最近才从本顿维尔监狱放出来。有一天他碰到我，和我谈起了如何偷盗和销赃。他干了一两件坏事，被我抓住了把柄，所以我相信他不会出卖我。于是我决定找到他，让他做我的同谋，他肯定会帮我把宝石变成现金的。可是怎样才能平安抵达他那里呢？我想起到姐姐家来的路上是如何的害怕，我随时都会被警察拦住搜查，而蓝宝石就放在我的马甲口袋里。我靠着院墙这样想的时候，那些鹅在我脚边走来走去，突然，我有办法了，我想只有这样才能逃避最精明的警察或者侦探。”

“早在几周前，我姐就跟我说过，圣诞节我可以从她养的鹅里任选一只作为礼物。我知道她说话算数，于是决定立即挑一只出来，好把这宝石藏在它肚子里带到基尔本去。院里有个小棚，我把其中一只鹅赶到棚里，抓住了，撬开嘴后，用手把宝石尽可能深地塞进它的喉咙。那只鹅使劲一吞，把宝石吞了下去。我摸了摸，感到宝石顺着它的食道滑到了嗉子里。那只鹅翅膀扑棱扑棱地挣扎起来，我姐姐听到后赶紧跑了出来。就在我转过身和我姐说话的刹那，那畜生竟挣脱了我的手，跑回鹅群中间去了。”

“‘你抓鹅干什么，杰姆？’她问。”

“‘你不是说要送一只给我做圣诞礼物吗？’我说，‘我在摸哪只最肥呢。’”

“‘哦，’她说，‘我们已替你选好另外关起来了——我们叫它杰姆的鹅——是只大白鹅。我总共喂了二十六只，一只给你，一只自己吃，剩下二十四只拿去卖。’”

“‘谢谢你，麦琪。’我说，‘假如你不介意，我就要我刚才抓的那只。’”

“‘我们给你留的比你刚抓的那只重三磅多呢！’她说，‘是专门养肥了送你的。’”

“‘没关系，我还是拿我自己挑的那只好些。’”

“‘随你，’她有点不高兴了，‘你挑中哪只了？’”

“‘那只尾巴上有条黑纹的，就是正中间那只。’”

“‘行，杀了再拿吧。’”

“我按她的吩咐把鹅宰了，然后把它带到基尔本。我把所有事情跟莫兹力说了，谈这事找他可真是找对了。他听了就大笑起来，直到呛住了才打住。我们拿刀把鹅剖开后，我的心一下子就凉了：宝石根本就不在里面，连影子都没有！我这才意识到出了多大的差错。我急忙跑回我姐家的后院，可那里连一只鹅都没有了！”

“‘那些鹅呢，麦琪？’我问她。”

“‘卖给经销商了，杰姆。’”

“‘哪家经销商？’”

“‘布瑞金利基，科温特花园市场的那家。’”

“‘那里头有没有一只尾巴上有条黑斑的鹅，’我问，‘和我挑的那只一样的？’”

“‘有。那两只带黑斑的鹅，我从来就分不清楚。’”

“我一听马上明白了，连忙跑到那个布瑞金利基那里。可他把那些鹅也给卖了，而且死活不告诉我到底卖到哪里去了。您今晚都听到了，他一直这么对我。我姐以为我疯了，我有时候自己也这么认为。现在，我因为这只不过碰了碰的财富就把人格卖了，烙上了窃贼的印记。上帝帮帮我吧！帮帮我！”他双手捂脸，哭得涕泪直流。

好长一段时间里，我只听到赖德的抽泣声和福尔摩斯的手指有节奏地敲打桌子的声音。后来，福尔摩斯猛地站起来，把房门一把推开。

“你给我滚！”他说。

“滚？先生！哦，上帝保佑您！”

“少啰嗦，快滚！”

赖德不敢再说什么，一阵急促的扑通扑通的脚步声在楼梯上响过后，大门接着砰地响了一下，然后马路上传来清楚的奔跑声。

“华生，”福尔摩斯拿起了他的陶瓷烟斗，“毕竟警方没请我帮忙了解案情。当然，如果霍纳有危险，就另当别论了。可这个家伙不会出庭作证了，到时，案子就会不了了之。我想，我隐瞒事实可能也是犯罪，但我也可能拯救了一个灵魂。这家伙不会再干坏事了，这次把他吓坏了。把他送进监狱的话，那他下半辈子就得以罪犯的面目出现，更何况现在正是宽恕的时节。机遇把这么一个离奇的事件交给我们，解决了就算了吧。”

福尔摩斯名言警句

许多被绞死的人死的冤枉。

斑点带子案

在这过去的八个年月里，我每天都在仔细摧敲我的朋友福尔摩斯的查案方法，因此记录下了七十个案例。我大致浏览了一下这些记录，发现这些案子中有一部分是悲剧性的，另一部分则是喜剧性的，而大部分只是情节奇怪而已，但是却没有一桩是平淡无奇的。因为福尔摩斯查案与其说是为了赚钱，倒不如说是出于他对查案这门艺术的兴趣使然。只要不是独特甚至于离奇的案件，他都绝对不会接手调查的。然而在各种各样的案子中，说到案情独特，我还真回忆不出有哪一个比罗伊洛特家族的案子更具代表性了。罗伊洛特家族在萨里郡斯托克莫兰非常有名。现在要说的这件事发生时，我才刚刚开始和福尔摩斯交往。那时我们两个都是单身，在贝克大街合住一套寓所。我本有可能早些将此事记录下来，不过鉴于当时曾对女当事人承诺过要为她保守秘密，所以就一直没有记叙。直到上个月，那位女士不幸早逝，才解除了承诺的制约。或许现在应该将此事的真相公之于众了，因为近来对格里姆斯比·罗伊洛特医生之死的谣言传播很多，使得此事似乎比当时的实际情况还要骇人听闻。

事情发生在 1883 年四月初。一天早晨，我被福尔摩斯叫醒，发现他穿得整整齐齐地站在我的床边。通常情况下，他起得挺晚。而那天壁炉架上面的钟表告诉我当时才刚七点一刻。我有点吃惊地看着他，还有点不高兴，因为平时我个人的生活还是很有规律的。

他说："很抱歉把你叫醒，华生。不过今天早晨我们命该如此，先是哈德森太太被敲门声吵醒，然后她把我叫起床，最后我来把你叫醒。"

“怎么啦？着火了吗？”

“不，是一位委托人。好像是一位情绪相当激动的年轻女士前来，执意要见我。她正在起居室等候。我觉得，一位年轻女士若是在早晨这个时辰在这个大都市中独自徘徊，还要把尚在梦中的人敲门叫起，那她一定是有紧急事情要找人商量。如果这是个有趣的案子，那我确信你一定想从开始就密切关注。所以我想不管怎样都要把你叫醒，给你这个机会。”

“老兄，我怎么也不会错过这个案子的。”

我最喜欢的就是观察福尔摩斯那技术含量很高的调查工作，欣赏他那和直觉一样迅速的推理，而所有问题确实是他通过逻辑推理解决的。我快速穿好衣服，几分钟后就已收拾妥当，陪着我朋友来到楼下起居室。进门时，坐在窗前的一位女士站了起来，她身穿黑色衣服，脸上蒙着厚厚的面纱。

福尔摩斯爽朗地对她说：“早上好，小姐，在下福尔摩斯，这位是我的挚友搭档，华生医生，你完全可以在我们两人面前尽情讲话，不必顾虑。哈！很高兴哈德森太太想得这么周到，把壁炉升起来了。我看你还在发抖，请靠壁炉近些，我叫人给你端杯热咖啡来。”

那位女士听后顺从地换了个座位，嘴里小声地说：“其实我不是因为冷才发抖的。”

“那是为什么呢？”

“是害怕，福尔摩斯先生。甚至说是恐惧。”她一面说着，一面掀起了面纱，她脸色苍白，面容憔悴，眼神中透着恐惧与不安，就像被追捕的小动物一样可怜兮兮，明显可以看出她正处于万分焦虑之中。看身材相貌，她大约30岁左右，不过发间却过早地出现了白发，表情萎靡枯槁。

福尔摩斯迅速地上下打量了她一番，略略弯身向前，拍了拍她的手臂安慰她说："我们很快会把事情处理好的，这点绝没问题。我看今天早晨你是乘火车来的。"

"您认识我吗？"

"不，不过我看到了你左手手套里那张回程车票的后半截。你一定是动身很早，乘坐双轮小马车走了好长一段路才到车站。"

那位女士打了个激灵，惶惑地盯着我的伙伴。

福尔摩斯笑了笑，说："这没什么神奇的，亲爱的小姐。你上衣左臂上沾着至少有七八个泥点，都是新溅上去的。只有双轮小马车才会这样甩起泥水，并且只有你坐在马车夫的左面才会被溅到。"

"不管你是怎么推断出来的，你说得都很对。"她说，"我不到六点就从家动身了，用了二十分钟到达莱瑟海德站，然后乘坐第一班到滑铁卢的火车来的。先生，我真的紧张得受不了啦，再这样下去我会疯的。我无人可求，除了一个人，其他人谁也不是真正关心我，可他也是个可怜人，帮不上我什么忙。后来我听人说起了您，是费兰多斯太太告诉我的，在她亟需帮助的时候您曾经帮过她。我就是从她那里知道了您的地址。噢，先生，您也帮帮我吧，为生活在黑暗中的我指条明路吧。目前我还无力给您提供报酬，不过一个月或者一个半月后我就要结婚，那时我就能支配我的收入了，我一定会付给您报酬的，至少我不是一个知恩不报的人。"

福尔摩斯转身走向他的办公桌，打开锁，取出一个小案件记录簿，翻阅了一下，说："费兰多斯，是的，我想起那个案子了，和一件猫眼石头饰有关。华生，我想那时候你还没来吧。小姐，我只能说我会跟解决你朋友的案子一样帮你调查。至于说报酬，我的职业本身就是对我的报酬，你只需要在最方便的时候把我可能会支出的费用付给我就行了。现在请你把一切对查案有利的事情告诉我们吧。"

我们的客人开始了她的叙说："唉，我处境的可怕之处就在于我不清楚害怕的究竟是什么，我疑虑的几点在他人眼里可能都是微不足道的。就算是那个我最有权利去寻求帮助指点的人，也认为我告诉他的这件事纯粹是我神经质似的胡思乱想。他没有这样说，不过我从他安慰我的话以及他闪避的眼神中能够看出来。不过，福尔摩斯先生，我听说您可以看出人们心中的种种邪恶。因此请您指点我如何渡过身前的种种危险。"

"你请讲，我正用心听着呢。"

"我叫海伦·斯托纳，我和我的继父生活在一起，他是英国最古老的撒克逊家族之一的罗伊洛特家族的最后一个生存者，居住在萨里郡西部边界的斯托克莫兰。"

福尔摩斯点点头说："这个名字我很熟悉。"

"这个家族曾经是英国最富有的家族之一，地产面积北至伯克郡境内，西至汉普郡境内。然而，在过去的一百年间四代继承者无不放荡挥霍，终于在摄政时期被一个赌棍弄得倾家荡产。除了几亩土地和一座已有二百年历史的古老宅院外，其他什么也没留下，而那座宅院也已经典当出去了。庄园的最后一个'老爷'苟延着他那落魄的贵族生活，而他的独子，也就是我的继父，意识到必须主动去适应新的形势，从一个亲戚那里借了些钱，获得了医学学位，还去加尔各答行医治病，在那里他凭借自己的医术和坚强的个性，开了一个很大的诊所。然而由于家里几次遭抢，他盛怒之下把一个当地人管家打死，差点被判死刑。就这样，他受到了长期监禁，后来回到英国时，就成了个脾气暴躁、郁郁寡欢的人。

"罗伊洛特医生在印度时和我母亲结婚。当时我母亲还很年轻，却不幸守寡。我生父是孟加拉的炮兵司令斯托纳少将。我和我姐姐茱莉亚是孪生姐妹，母亲再嫁时，我们刚刚两岁。她有一笔相当可观的财产，一年收入至少有一千镑。在我们和罗伊洛特医生住在一起后，母亲就立遗嘱把所有财产转赠给他，附加条件是，我和姐姐结婚后，他每年要拨给我们一定数目的财产。我们返回英国后不久母亲去世，她是在八年前克鲁附近发生的火车事故中不幸离世的。在这之后，罗伊洛特医生放弃了来伦敦开诊所的想法，带着我们姐妹俩一起来到斯托克莫兰的祖宅里生活。母亲遗留下来的钱财足以满足我们的需求，看来再没有什么来阻碍我们的幸福生活了。

“可是，大约就是从那时起，继父的性情大变，变得非常可怕。起初，斯托克莫兰的邻居们还因为看到罗伊洛特家族的后人返回老宅居住而感到十分高兴，可是他却不愿和他们交友往来，只是把自己关在家里，几乎从不出门，一旦出门见谁都会冲着人家凶狠吵嚷。这种近乎躁狂的暴脾气是这个家族遗传下来的，而我的继父，我想可能是因为长期在热带居住的缘故，脾气更加暴烈。后来发生了一连串不光彩的吵闹，有两次都去警局法庭了。又因为他强健有力，发起怒来谁也拉不住，结果最后他成了村里的讨厌鬼，人们遇到他都恨不得从他头上飞过去。

“上周，他把当地的铁匠从栏杆上扔进了河里，最后我东拼西凑，花光了我所有的钱才没让那件丑事张扬出去。他没有朋友，除了那些到处流浪的吉卜赛人，他允许那些人在他的一片长满荆棘的土地上居住，还去他们帐篷里喝酒，有时跟他们一起出去流浪，一去就是好几周。他还热衷于养印度动物，那些动物都是一个记者送给他的。现在他还养着一只印度豹，还有一只狒狒，这两只东西就在他的土地上随意乱跑，村民们对它们也很害怕。

“通过我说的这些，您应该可以想象可怜的茱莉亚和我的生活中是没什么乐趣的。没有仆人愿意跟我们相处，好长一段时间，我们都是自己打理所有家务的。她死的时候才 30 岁，可是她的头发早就开始白了，简直和我现在差不多了。”

“那么说，你姐姐已经去世了？”

"她两年前就死了，我就是想跟您说说她的死。您知道，过着我说的那样的生活，我们很难见到和我们年纪相仿地位相似的人。不过好在我们还有个姨妈，霍诺丽亚·韦斯特法尔小姐，她尚未婚配，居住在哈罗市附近。偶尔，继父允许我们去她那里小住几日。两年前的圣诞节，我姐姐到她家去，在那里认识了一位领半薪的海军上校，和他订立了婚约。我姐姐回家后，继父知道了订婚的事，并没有表示反对。可是，就在还有两周就要举行婚礼的时候，恐怖的事情发生了，夺去了我唯一的伙伴——我的姐姐。"

福尔摩斯之前一直靠在椅背上，闭着眼睛，头躺在椅背的靠垫上。这时，他半睁开眼睛，看了看他的客人，说："请把细节说精确点。"

"这很容易，那个可怕的时刻发生的每一件事都已深深地烙在了我的记忆里。我刚才说过，老宅太古老了，只有一侧的耳房还能住人，布局是卧室在一楼，起居室在房子中间位置。卧室的第一间是罗伊洛特医生的，第二间是我姐姐的，第三间是我的。这些房间之间彼此互不相通，不过卧室门都开向同一条走廊。我讲清楚了吗？"

“非常好。”

“三个房间的窗子都是朝着外面的草坪开的。那个不幸的晚上，罗伊洛特医生早早就回了卧室，可是我们知道他并没有入睡，因为姐姐被他强烈的印度雪茄烟味熏得非常不适，他已经习惯了抽那种烟。因此姐姐来我房间待了一会儿，我们还聊起她即将举行的婚礼。十一点钟，她起身回屋，在门口又停住了，回头问我：‘告诉我，海伦，在夜深人静的时候，你有没有听到过有人吹口哨啊？’”

“我说：‘从来没有。’”

“‘你睡着的时候不会吹口哨吧？’”

“‘当然不会了，怎么啦？’”

“‘好几天了，大约三点钟左右，我总会听到一阵低沉却又清晰的口哨声。我睡觉很轻，总会被吵醒。我说不准口哨声从哪里传来的，好像是从隔壁房间，又好像是从草坪上。我当时就想问问你有没有听到。’”

“‘没，我没听到过。一定是种植园里那些讨厌的吉卜赛人。’”

“‘很有可能。不过要是从草坪上传来的，你怎么没听到呢？’”

“‘呃……我一般睡得比你沉啊。’”

“‘算啦，不管怎么说，这没多大关系。’她回头冲我笑笑，把我的门带上，不一会儿，就听到她的钥匙在门锁里转动的声音。”

“真的吗？”福尔摩斯问，“你们是不是都习惯睡觉时把房门锁上？

“一直如此。”

“为什么要这样呢？”

“我刚才说过，医生养了一只印度豹，一头狒狒。不锁门，我们感觉不安全。”

“确实如此。请继续。”

“那天晚上，我怎么也睡不着，模模糊糊有一种灾难临头的感觉压抑着我。您应该记得，我和姐姐是孪生姐妹，您知道这样两个有着如此密切联系的人之间，心灵的相通是多么的微妙。那天晚上暴风雨大作，外面狂风怒号，雨点‘啪啪’地拍打着窗户。突然，嘈杂的风雨声中传来一声女人惊恐的尖叫声。我听出来了那是我姐姐的声音，我一下从床上跳起来，裹上一块披巾就冲向了走廊。我在打开自己的房门时，听到了一阵低沉的口哨声，跟我姐姐说的一样。稍后又传来‘当啷’一声，好像是一块金属掉在了地上。我冲过走廊，发现姐姐的门锁已经打开，房门也在慢慢地敞开来。我吓坏了，盯着房门，不知道会从里面跑出什么来。借着过道的灯光，我看到姐姐出现在房门口，她的脸吓得煞白，双手摸索着寻求救助，整个身体就像醉汉一样摇摇晃晃。我跑上前去，双臂抱住她，可是就在那一刻，她似乎双腿无力，一下跌倒在地上，非常痛苦地扭动着身体，四肢可怕地抽搐。开始我以为她没认出我来，可就在我弯下身去时，只听到她厉声喊道：‘噢，上帝啊！海伦！带子！带着斑点的带子！’那叫声我一辈子也忘不了。她好像还有话要说，戳起手指指着医生的房间，不过抽搐再次发作，堵住了她的话。我冲过去，大声呼叫着我的继父，正迎上他穿着睡衣快步从他房间出来。他赶到我姐姐身边时，她已经昏迷不醒了。尽管他给她灌了一些白兰地，还从村里请来了医生，可一切努力都已白费，她没了呼吸，再也没有恢复意识。这就是我挚爱的姐姐的悲惨结局。”

“稍等，”福尔摩斯说，“你确定听到口哨声和金属撞击声了吗？你能保证吗？”

“郡里的验尸官调查时也是这么问我的，我清楚记得我是听到了，不过在暴风雨的嘈杂声还有老房子嘎嘎吱吱的声音中，我也有可能听错。”

“你姐姐着装整齐吗？”“不，她穿的是睡衣。在她右手里发现了一段烧焦了的火柴棒，左手里有个火柴盒。”

“说明事发时，她划过火柴四下照过。这很重要。那个验尸官得出了什么结论呢？”

“他调查得很仔细，因为罗伊洛特医生的品行在郡里早就臭名昭著了。不过他始终没有找到令人信服的死因。我证实，房门是从里面锁住的，窗户上挡着宽铁条做成的老式百叶窗，每天晚上都关得紧紧的。墙壁仔细敲打过，发现四面都很坚固；地板也做了彻底检查，结果一样。壁炉烟囱的确是很宽，可是也用了四个大锁环封住了。因此可以肯定，我姐姐身亡时确实是一个人在房内。并且她身上没有被暴力袭击的痕迹。”

“那会不会是下毒呢？”

“医生们做过检查，但没查出来。”

“那你觉得这位不幸的女士的死因是什么呢？”

“我认为她纯粹是因惊恐震惊而死亡的，不过我不知道她在害怕什么？”

“当时种植园里有吉卜赛人吗？”

“有，那里几乎一直都有。”

“呃，她提到过带子，带斑点的带子，从这你得出什么来了吗？”

“有时我以为这不过是她精神混乱时说的胡话罢了，有时觉得她可能是在指一帮人，也许就是种植园里的那帮吉卜赛人。他们中间有好多人戴有斑点的头巾，我不知道她使用的那个奇怪的词是不是就是指这个。”

“不只这么简单，”福尔摩斯说，“请继续。”

“如今两年过去了。这两年中，我的生活比以往更加孤单。直到一个月前，我有幸得到了一位认识了多年的好友的求婚。他名字叫做阿米塔齐，珀西·阿米塔齐，他是住在雷丁附近克兰华特地区的阿米塔齐先生的次子。我继父对这桩婚事没有表示反对，于是我们商定在春季结婚。两天前，我们家房子西侧也就是我们住的那一侧的耳房进行修葺，我的卧室的墙壁被钻了些洞。因此我只能搬进我姐姐丧命的那间屋子里去住，睡在她生前睡过的床上。昨天晚上，我睁着眼睛躺在床上，想着她那悲惨的命运，突然听到寂静的深夜里传来一阵低沉的口哨声，就是那阵曾经预示过她死亡的口哨声。您一定能想到我当时吓成了什么样子。我一下从床上跳起来，点着了灯，不过在房间里面什么都没看到。然而我吓得再也不敢上床睡觉。于是，我穿好衣服，天一亮我就悄悄溜出来，在对面的王冠旅馆找了辆双轮小马车，赶到莱塞海德，从那里坐火车来找您，就是想听听您的看法。”

“你这样做很明智，”福尔摩斯说，“不过，你向我说明一切了？”

“是的，毫无保留。”

“罗伊洛特小姐，你没有。你庇护了你的继父。”

“呃，您这话的意思是？”

福尔摩斯没有直接回答，他拉起了我们客人搭在膝头的那只手上的黑色袖边，白皙的手腕上印着五小块青色的淤痕，明显是五指留下的指痕。

“你受过虐待。”福尔摩斯说。

那位女士涨红了双颊，遮住受伤的手腕说：“他身体健壮，也许是不知道自己使的力气有这么大。”

接下来，大家沉默了好长一段时间，福尔摩斯用手托着下巴，盯着噼啪作响的炉火。最后，他说：“这桩事情很复杂，我还想了解许多细节，才能决定行动方案。不过，我们已经刻不容缓，如果我们今天到斯托克莫兰去，有没有可能在你继父不知道的情况下查看一下那几间屋子？”

“正巧，他说今天来城里办几件非常重要的事情。他可能一天都不在家里，不会有什么干扰到你们查看的。现在我们有一位女管家，可是她年老糊涂，我很容易就能把她支开。”

“太好了。华生，你不介意和我一起走一趟吧？”

“绝不介意。”

“那么我们两人都去。你还打算做点什么？”

“既然来了城里，我还想办一两件事，不过我会乘坐12点的火车回去，好在那里恭候你们。”

“下午我们可能到得比较早些，我自己还有点小事需要准备。你不等下吃过早饭再走吗？”

“不了，我必须得走啦。把麻烦向您倾诉之后，我的心情轻松多了。下午期待您的光临。”她放下厚厚的黑面纱遮住脸庞，悄悄走出了房间。

“整件事你怎么看，华生？”福尔摩斯向后一躺，靠在椅背上冲我问。

“我觉得这是一桩非常阴险恶毒的事件。”

“够阴险，够恶毒。”

“不过，如果确如这位女士说的地板和墙壁非常坚固、门窗和烟囱都进不去人的话，她姐姐在神秘死亡时肯定是一个人在房间里的。”

“那么，那半夜的口哨声是怎么回事？那女人临死前说的那些非常奇怪的话又是怎么回事？”

“我想不出来。”

“夜里的口哨声、与老医生关系紧密的那帮吉卜赛人的出现、医生企图阻止继女结婚的不争事实、临死前提到的带子，最后还有海伦·斯托纳小姐听到的很有可能是关闭百叶窗铁栓时发出的那当啷一声的金属撞击声，当你把这些情况联系到一起，我想沿着这条线，我们就有充分的证据解开这个谜了。”

“不过，那些吉卜赛人都做了些什么呢？”

“我不知道。”

“我觉得这样空想推理有太多不足之处。”

“我也是。正因如此，我们今天才得到斯托克莫兰去，去看看这些不足是无法弥补的呢？还是可以解释得通的。”

“见鬼！怎么回事？”他突然大声喊道。只见门猛地被人撞开，一个大块头堵在那里。他装束奇特，有那么点儿正式又有几分土气，戴着一顶黑色礼帽，身着长礼服，腿上穿着高筒靴，还打着绑腿，手里挥舞着一根猎鞭。他个头很高，帽子都擦着门楣了，肩膀很宽，把门堵得严严实实的。他的脸盘特别大，上面布满了皱纹，被太阳烤得焦黄，一副凶神恶煞的神情。双目深陷，凶光毕露，挨个打量着我们两个。他还长着一个细长的高鼻子，怎么看都有点儿像一只残忍的老凶禽。

“你们两个谁是福尔摩斯？”这个突然闯进的怪物问。

“先生，我就是。你又是哪位？”福尔摩斯平静地回应道。

“我是斯托克莫兰的格里姆斯比·罗伊洛特医生。”

“是么，医生，请坐。”福尔摩斯淡淡地说。

“我不吃这套。我继女来过这里。我跟踪她到了这里，她对你说了什么？”

“这时候的天气还是有点冷。”福尔摩斯说。

“她跟你说了什么？”那老头暴躁地叫了起来。

“不过，我听说西红花开得特别好。”我伙伴泰然自若地继续说道。

“哼！你想敷衍我，是吧？”我们这位刚到的来访者向前跨上一步，挥舞着他的猎鞭，大声吼着，“我知道你，你这个恶棍！我以前就听说过你，你是福尔摩斯，好管闲事！”

我朋友微微一笑。

“福尔摩斯，别到处插手别人的闲事！”

他的笑容更加灿烂了。

“福尔摩斯，你就是个苏格兰场自命不凡的小官儿。”

福尔摩斯开心地放声笑了起来：“你说话太有意思了，出去的时候把门带上，现在有穿堂风。”

“我把话说完就走。你敢搅我的事！我知道斯托纳来过这里了，我是跟踪她来的！我可不是个好惹的危险人物！看着点儿！”他快速向前迈了几步，抓起火钳，用他那双棕色的大手把它拧弯了。

“你小心点儿！别让我抓到你！”他嗥道，随手把拧弯的火钳扔到壁炉里，然后大步走出了房间。

“他脾气‘真好’！”福尔摩斯笑着说，“我没有他那么大块头。不过要是他再待一会儿，我让他看看，我手劲儿不比他小多少。”他说着，拾起那个钢火钳，猛一使劲，就把它掰直了。

“想想真可笑！他竟然如此无礼地把我和那些警探混为一谈！不过这个小插曲还是为我们的调查带来些乐趣。我唯一关心的是我们那位小朋友，她粗心大意让这个畜生跟上了，希望她不会因此而受到折磨。华生，我们现在该叫早餐了，然后我要到医师协会走一趟，我想从那里搞点对此案有助益的材料。”

福尔摩斯回来时已经接近一点，他手里拿着一张蓝色的纸，上面潦草地记录着一些数字。

他说：“我看到那位已亡故妻子的遗嘱，为了弄清楚遗嘱的真正含义，我只好计算出遗产涉及到的所有投资项目的当前价值。那位女士去世时所有收入总计将近一千一百英镑，现在由于农产品价格下跌，总值合计不足七百五十镑。而每个女儿结婚后，都有权支配其中的二百五十镑。显然，如果两位小姐都嫁出去，这位‘美人儿’的收入就剩不了多少了；即使其中一位出嫁也会使他陷入不堪的境地。这说明我今天早晨的工作没白干，这证明了他有很强烈的动机来阻止继女出嫁。华生，我们稍有耽搁整个事态都会变得非常严重，特别是那个老头已经知道我们对他的事产生了兴趣。你要是准备好了的话，我们得抓紧时间叫马车，赶往滑铁卢车站。你最好带上手枪，对付那个能把钢火钳用手拧成节的先生，一支‘艾利二号’枪最能解决问题了。我想有了它，再带上支牙刷就够用了。”

到滑铁卢车站我们正好赶上一班去莱瑟海德的火车，到站后我们从车站旅店雇了辆双轮轻便马车，沿着萨里美丽的乡间小道行驶了五六英里。那天天气很好，阳光明媚，白云如絮；一丛丛树林还有路边的灌木丛初吐新绿，空气中洋溢着湿润泥土的清新味道。不过对于我来说，这盎然的春意和我们所调查的案件的邪恶形成了鲜明对照，让我感觉怪怪的。我朋友坐在马车前排，双臂交叉，帽子拉下来遮住了双眼，下巴低垂到胸前，陷入到深深地沉思之中。然而，他突然挺直了身体，拍拍我的肩膀，指着远处的草地，嘴里说道：“看那里。”

只见一片茂密的树林，顺着缓缓的斜坡延伸上去，最高处形成了密密的丛林。树丛之上凸现出一座古屋的灰色山墙和高高的屋顶。

“那就是斯托克莫兰？”他问道。

“是的，先生，那是格里姆斯比·罗伊洛特医生的宅院。”马车夫回答道。

“那边正在搞建设呢，”福尔摩斯说，“我们要去的就是那里。”

马车夫指着左侧远处的一片房顶说：“村子在那儿，不过你要是去古宅那里，你可以从这片阶梯穿过去，然后顺着田地间的小道往前走，这条路近些。就在那里，那位小姐走着的地方。”

“我想那就是斯托纳小姐。”福尔摩斯用手打起眼罩，观察了一下说，“好吧，我们就按你说的走吧。”

我们跳下车，付了车费，马车迅速掉头转回莱塞海德去了。

我们顺着台阶走了上去，福尔摩斯边走边说：“我觉得还是让那马车夫以为我们是建筑师或者来办事的人为好，省得回去胡说八道。下午好，斯托纳小姐，瞧，我们说到做到吧。”

早上来过我们那里的这位委托人匆匆赶上前来迎接我们，脸上露出高兴的神色，“我一直在期盼着你们到来，”她热情地握着我们的手，大声说，“一切都很顺利，罗伊洛特医生进城去了，很可能晚上才会回来。”

“我们已经荣幸地认识罗伊洛特医生了。”福尔摩斯说，然后简单叙述了一下后来发生的事情。斯托纳小姐听后，嘴唇都吓白了。

“天哪！”她大声喊道，“那他一直在跟着我了？”

“看来如此！”

“他太狡猾了，我真不知道什么时候才能摆脱他的控制。他回来后会怎么说呢？”

“他必须得保护自己，因为他会发现有个比他更狡猾的人在跟踪着他。今晚你必须把自己反锁到屋里不见他，要是他使用暴力，我们会带你去哈罗市你姨妈那里。现在，我们必须抓紧时间，请立刻带我们去查看一下那些房间，好吗？”这座古宅是用石头砌成的，石壁上长满了青苔，中央主体部分高高矗起，两边是弧形的耳房，就像蟹钳似的向两侧延伸。左侧的耳房，上面的窗子全破了，用木板封着，屋顶上露着一处破洞，一幅残垣断壁的景象。中央主体部分也已年久失修。右首的耳房年代近些，窗上挂着帘子，烟囱上青烟袅袅，表明一家人就住在这里。屋子的山墙上竖着一些脚手架，墙上石头修的部分也已凿通，不过当时并没有看到有工人在那里。福尔摩斯在那块草草修剪过的草坪上缓慢地来回走了两趟，十分仔细地检查了窗子的外部。

“我想，这是你过去的卧室，当中那间是你姐姐的，挨着主楼的是罗伊洛特医生的房间，对吧？”

“一点不错，但是我现在在中间那间睡觉。”

“我想是因为修房子换的房间吧。不过，顺便提一下，也没看出有修那面山墙的迫切需要啊。”

“根本不需要，我想这不过是让我从原来卧室搬出来的一个借口。”

“嗯，这倒有可能。这房子并不宽，那边有一条过道，三间卧室的房门都冲着那里，里面当然也有窗子啦？”

“有的，不过窗子都很窄小，人不可能钻过去。”

“你们俩晚上锁上门后，从那边是不可能进去的了。现在请你进入你的房间，把百叶窗闩上。”

斯托纳小姐照做了。福尔摩斯很仔细地检查了打开的窗子，然后尝试各种方法打开百叶窗，都没成功，上面连能插进刀子的裂缝都没有，不可能把窗闩撬起来。然后，他用放大镜仔细检查了窗扇的转轴，那是铁制的，牢牢地嵌在坚硬的石壁上。“哼，”他有点困惑地搔着下巴，说，“我的推理肯定有说不通的地方。百叶窗插上之后，人不可能进去。那我们只好看看里面有没有什么线索了。”

一道小小的侧门通向刷得雪白的过道，三间卧室的房门都冲着这个过道。福尔摩斯不愿意检查第三个房间，我们直接来到第二间，也就是斯托纳小姐现在睡觉的房间，她姐姐就是在这里离世的。房间很小，装饰朴素，是那种乡村老宅的样式，天花板很低，有个开口式的壁炉，房间一角立着一个褐色的斗柜，另一角放着一张窄窄的罩着白色床罩的床，窗子的左侧有张梳妆台，再加上两把柳条椅，就是这个房间的所有家具了，正当中也只有一块方形的威尔顿地毯，四面墙壁上的木板都是棕色的栎木，已经蛀孔斑斑了，十分陈旧还褪了色，很可能是一建房子时就有了。福尔摩斯搬了一把椅子放在前面，坐在那里，一言不发，双眼上上下下、前前后后看了一圈，把房间里的每个细微之处都看到了。

“那个铃连到哪里？”他最后指着垂在床边的铃绳问，绳子的流苏搭到了枕头上。

“连到管家的房间里。”

“看上去它比其他东西新些。”

“是的，刚装了有一两年。”

“是你姐姐要求装的吧？”

“不，我从没听她用过。我们想要什么东西一直都是自己去拿的。”

“不错，看来没有必要安装这么漂亮的一条铃绳。抱歉，我需要几分钟弄清楚这里的地板。”他趴在地上，手里拿着放大镜，迅速地在屋里爬来爬去，十分仔细地检查着木板之间的那些缝隙。然后他又认真查看了墙壁上的嵌板。最后他走到床前，盯着它看了一会儿，又上下打量了一下床头的墙壁，然后猛地扯了一下铃绳。

“咦？这只是做做样子的。”他说。

“不响吗？”

“不响，甚至连线都没接上，这真有意思，你有没有注意到，绳子是固定在那个小通气孔上方的钩子上的。”

“多么可笑啊！我之前一直没有注意到。”

“很奇怪！”福尔摩斯拉着铃绳小声说，“这个房间里还有一两个地方很奇怪，比如说，建造者竟然会把通风口通向隔壁房间，他不该这么蠢的，同样是麻烦一次，他完全可以开向窗外的。”

“这个也刚开了不久。”斯托纳小姐说。

“是和铃绳一个时间吗？”

“是的，那时候做了好几处小的改动。”

“太有意思了，铃绳和通风口全是摆设……斯托纳小姐，我们能不能到里面那间去看看呢？”

格里姆斯比·罗伊洛特医生的房间要宽敞些，不过陈设也很朴素，一张行军床，一个摆满书的木制小书架，那些书大多数是技术类的；床边有一把扶手椅，靠着墙有一把普通的木椅，一张圆桌，还有一只大铁保险柜，放眼看去屋里主要就这么多东西。福尔摩斯在房间里慢慢地转了一圈，饶有兴致地逐一查看了一遍。

他敲了敲保险柜，问："这里头是什么？"

"我继父业务上的文件。"

"噢，那你打开看过喽？"

"就看过一次，在好几年前，我记得里面全是文件。"

"里面没有猫之类的东西？"

"没有，您怎么会有这么奇怪的想法？"

"呃，看看这个。"他从柜子上面拿起了一个盛牛奶的小碟。

"不，我们没养猫。不过养了一只印度豹和一只狒狒。"

"啊，是这样了，印度豹也就跟个大猫差不多。不过，这么一碟牛奶肯定不够它喝的吧，还有一点我必须要确定一下。"他在那把木椅前蹲了下来，非常仔细地检查着椅子面。

"谢谢，差不多解决了。"他站起身来，把放大镜放到口袋里说，"嘿，瞧这个有趣的东西。"

引起他注意的是挂在床头的一根小打狗鞭子。不过，鞭子是卷着的，还打了结，鞭绳盘成了一个圈。

"华生，你怎么看？"

"那不过是根普通的鞭子，不过，我不知道为什么要打个结。"

"太不寻常了，对吧？唉，这真是个万恶的世界，一个聪明人老是想着犯罪，那就糟透了。斯托纳小姐，我查得差不多了，我们能否到外面的草坪上走走？"

我从没见过他在离开调查现场时，脸色有这么阴沉可怕。我们在草坪上来回走了几趟，我和斯托纳小姐都没有打断他的思路，最后他自己从沉思中醒了过来。

"斯托纳小姐，你必须完全按照我说的去做，这很重要。"

"我一定照办。"

“事情太严重了，不容有片刻犹豫。不听我的，你就有可能丧失性命。”

“我向您保证，一切听从您的吩咐。”

“首先，我和华生今晚要在你的房间里过夜。”

斯托纳小姐和我都惊愕地看着他。

“必须这样，请听我解释。那就是村里的小旅馆吧？”

“是的，那就是皇冠旅馆。”

“很好，从那里能看到你的窗子吗？”

“当然。”

“你继父回来时，你必须假装头疼，把自己关在屋子里。然后，在听到他进房睡觉后，你必须打开窗外的百叶窗，拔开插销，把灯放在那里，给我们信号，然后带上你可能需要的东西，悄悄返回你过去住的房间。尽管还在修缮，你肯定能在那里安然度过一个晚上的。”

“好的，没问题。”

“剩下的交给我们办好了。”

“你们打算怎么办？”

“我们要在你的房间过夜，调查一下吵到你的声音是怎么回事。”

斯托纳小姐拉着我朋友的袖子说：“福尔摩斯先生，我相信您已经有了定论。”

“也许吧。”

“请您发发慈悲吧，告诉我：我姐姐是怎么死的？”

“我想，到有了更明确的证据后再说吧。”

“您至少可以告诉我，我的想法对吗？她是突然受到惊吓死的吗？”

“不，我觉得不是。我想很可能有某种更具体的原因。斯托纳小姐，现在我们得走了，因为罗伊洛特医生要是回来看到我们，我们这次就白来了。再见，勇敢点！只要按我说的做，你完全可以放心，笼罩你的危险很快就可以驱散的。”

在皇冠旅馆，福尔摩斯和我很轻松就订到了一间带起居室的卧室。房间在二楼，从窗子里我们能够看到斯托克莫兰庄园的大门，还有住着人的耳房。黄昏时分，我们看到罗伊洛特医生乘车过去，他那硕大的身躯坐在赶车的瘦小马童身旁，显得格外突出。那个马童在打开沉重的大铁门时，稍微有点费劲，他就嘶哑地咆哮起来，并愤怒地冲着马童挥舞着拳头。马车驶进去了，几分钟后，我们看到树丛里射出一道灯光，原来是一间起居室点上了灯。

天渐渐黑了，我们坐下来，福尔摩斯说：“知道吗，华生？其实这次让你来，我心里有很多顾忌。因为这事有点危险。”

“我能帮上忙吗？”

“你能来，对我来说作用很大。”

“那么，我当然应该来。”

“你真是太好了。”

“刚才你说到危险，显然，你在那几个房间里看出的东西比我看到的要多。”

“不会，我想我可能是推理出来的多一些，不过我看到的你应该都看到了。”

“除了那铃绳外，我没看到什么特别的东西。至于铃绳用来干什么，我承认我想不出来。”

“你看到了那通风口了吧？”

“看到了，不过我觉得在两个房间之间开个小洞并算不上异常。那个洞连个耗子都钻不过去。”

“在我们来这里之前，我就知道那里会有个通风口。”

“福尔摩斯，你太厉害了！”

“哦，是的，我早就猜到了。你记得斯托纳小姐曾经说过，她姐姐能够闻到罗伊洛特医生的烟味，当然是说两个房间中间有个通道，不过不可能很大，否则验尸官就会问到这点。因此，我推断有这么一个通风口。”

“不过，这有什么妨害呢？”

“嗯，至少这样时间上就出现了一个很奇怪的巧合，开了个通风口，挂了条绳，然后睡在这张床上的小姐就死了。这还不能引起你注意吗？”

“我还是看不出这中间有什么关联。”

“你注意到那张床有什么特别的吗？”

“没有。”

“它是固定在地板上的。你见过固定住的床吗？”

“没有。”

“那位小姐的床不能移动，只能保持在同一位置上。和通风口、那根绳子对应放着。当然，那只是根绳子，从来就没有当铃绳用过。”

“福尔摩斯，”我大声喊道，“经过你的暗示，我似乎隐约看出了点什么。我们刚好及时赶到，要阻止一起策划周密的恶毒案件。”

“是够阴险恶毒的。一旦一个医生堕入歧途，他就是一名一流的罪犯。因为他既有胆量也有知识。帕尔默和普理查德就是其中的高手，而这个人更可怕。不过魔高一尺道高一丈，我想我们比他还要高明些。但是，今晚我们可能会遇到很大的危险。看在上帝的份上，我们先静静地抽上一袋烟，想点开心的事吧。”

大约九点钟左右，林间的灯光熄灭了，庄园方向一片漆黑。然后两个小时慢慢地过去了，就在时钟敲响十一点钟的时候，我们正前方突然闪出一道明亮的光线。

“那是信号，”福尔摩斯跳了起来，说，“是从中间那个窗子照出来的。”

我们走出旅馆的时候，他和老板交谈了几句话，解释说我们要连夜去拜访一位老友，可能会在那里过夜。一会儿，我们就走上了漆黑的道路，凉飕飕的风吹在脸上，一道黄色的灯光在我们前方闪烁着，我们要去那里完成严峻的使命。

庄园墙壁年久失修，我们进入庭院时，并没碰上什么麻烦，然后快速穿过树林、草坪，正要钻进窗子时，突然从一丛月桂树中窜出一个黑影，像是个丑陋畸形的孩子，扭动着四肢，跳到草坪上，随即快速跑开消失在黑暗中。

“上帝啊！”我小声叫了一声，“看到了吗？”

福尔摩斯跟我一样，也吓了一跳，手像钳子似的抓住了我的手腕，然后低声笑了，把嘴贴到我的耳朵上小声说：“真像是一家人，那是只狒狒。”

我差点忘了那是医生喜爱的怪异宠物，还有一只印度豹呢，说不准哪一会儿它就可能把爪子搭到我们肩上。随后我学着福尔摩斯的样子，脱下鞋，钻到屋子里，我承认，直到这时心里才算安稳了一些。我伙伴悄无声息地关上了百叶窗，把灯挪到桌子上，打量了一下整个房间，跟白天比屋子里一点也没有变样。然后他蹑手蹑脚地靠近我，把手圈成喇叭状，靠近我的耳朵，用只有我才能听到的声音说：“哪怕一点声音都会破坏我们的计划。”

我点头表示明白。

“我们不能点灯，他可能会从通风口里看到。”

我再次点头。

“别睡着了，这是性命攸关的事。准备好手枪，我们可能用到。我坐到床沿上，你坐那把椅子吧。”

我取出手枪，把它放到桌角上。

福尔摩斯带来了一根细长的藤条，他把它放在身边，另一边放了一盒火柴和一段蜡烛。然后熄灭灯，我们就这样在黑暗里等着。

我怎么也不会忘记那个可怕的不眠之夜，听不到一点声音，甚至连呼吸声都听不见。不过我知道，几步之外，我伙伴也和我一样紧张地睁着双眼坐在床上。百叶窗遮住了所有的光线，我们身边一片漆黑。偶尔传来几声夜猫子凄厉的叫声，就在我们窗前还传出过一两声长长的、就像猫叫似的哀鸣。是那只印度豹，还真是放开乱跑的。远远地传来教堂深沉的钟声，每一刻钟敲响一次。可是，那每个十五分钟看起来都那么漫长。十二点的钟敲响了，然后一点、两点、三点，我们就悄无声息地等待着事情的降临。

突然，在通气孔的方向闪过一道转瞬即逝的亮光，然后传过来一股强烈的煤油燃烧还有金属烤热的气味。是有人在隔壁点起了一盏提灯。我听到一阵轻轻的声音，随即又静了下来，不过气味越来越浓。大约半个小时，我一直在竖着耳朵，突然传来另外一种声

音，一阵轻轻的嘶嘶声，跟水壶烧开时发出的声音一样。就在那一瞬间，福尔摩斯从床上跳了起来，擦亮火柴，用藤条狠狠地抽打那根铃绳。

“看见了吗，华生？”他大声嚷着，“看见了吗？”

可是我什么也没看见。就在福尔摩斯擦亮火柴的那一刹那，我清晰地听到一阵低沉的口哨声，不过，突如其来的亮光刺激得我的双眼什么也没看到，根本不知道我朋友奋力抽打的是什么东西。不过，我看到当时他面色灰白，脸上充满了恐怖和憎恶。

然后他停了下来，眼睛紧盯着那个通风口，那里突然传来一声我从未听过的惨叫，打破了黑夜的寂静，并且声音越来越高，嚎声中夹杂着痛苦、恐惧，还有愤怒。据说，远处村里甚至是教区的人们都被这叫声从梦里惊醒。而我们更是听着脊背发凉，我们两个站在那里面面相觑。最后那叫声的回声终于消失，一切又沉入到了死一般的沉寂。

“怎么回事？”我喘着粗气问。

“一切都结束了。”福尔摩斯回答道，“总的来说，或许这才是最好的结局。带上手枪，我们去罗伊洛特医生的房间。”

他点上灯，脸色凝重，走上走廊。到医生房门前，他敲了两次门，里面没有任何回音。然后他转动把手走了进去，我跟着后面，手里握着扳起了保险栓的手枪。

出现在我们眼前的是一幅奇特的景象。桌上放着一盏提灯，遮光板半开着，射出一道亮光，照在柜门敞着的铁保险柜上。旁边的那把木椅上坐着格里姆斯比·罗伊洛特医生。他穿着灰色的长款睡衣，下面露出赤裸的脚踝，脚上套着红色的土耳其拖鞋，膝盖上横着我们白天看到的那根短柄长鞭子。他下巴朝上翘着，双眼惊恐死板地盯着天花板角落；他额头上绕着一条形状怪异的、带着褐色斑点的黄色带子，好像是紧紧缠在他的头上一样，我们走进去的时候，他一声不吭，动也没动。

“带子！黄色带子！”福尔摩斯小声说。

我向前跨了一步，他那条形状怪异的头饰突然蠕动起来，然后从他头发中间钻出一条又粗又短、长着三角头的毒蛇，脖子胀鼓鼓的，一副恶心的模样。

“沼池蝰蛇！”福尔摩斯喊道，“印度最毒的毒蛇，咬了后不到十秒钟他就死了。真是恶有恶报，自己掉到自己挖的坑里去了。让我们把这东西弄到它的穴里去，我们可以把斯托纳小姐转移到一个安全的地方，然后再报警让当地警方知道发生了些什么事情。”

他嘴里说着，敏捷地从死者膝盖上取过打狗鞭子，把套索甩过去套住那条爬虫的脖子，从那恶心的地方把它拉了起来，伸长手臂挑着它，扔到铁保险柜里，随手把柜门关上。

这就是斯托克莫兰的格里姆斯比·罗伊洛特医生死亡的真实经过。这个故事已经很长，至于后来，我们将此噩耗告知吓坏了的斯托纳小姐，乘早班火车将她送到哈罗市她好心的姨妈那里，警方介入进行了冗长的调查，并作出结论说医生把玩危险宠物不慎被咬致死，等等一切详情我已经毋庸再加赘述。在第二天我们回城的路上，福尔摩斯把我还不太明白的一些情况告诉了我。

他说：“亲爱的华生，我一度做出了一个完全错误的结论，这说明根据不充分的材料进行推断总是那么危险。由于吉卜赛人的存在，还有那位可怜的小姐对借着火柴亮光匆匆看到的东西，使用了‘band’这个既有‘一帮一伙’又有‘带子’意思的词，这足以引导着我沿着一条错误的线索查下去。然而，后来我发现无论是从窗子还是门口都进不到房间里面进而会对里面的人造成威胁，我才立即重新考虑我的出发点，总还算有了点成绩。就像我说过的一样，我很快就注意到了那个通风口和那根悬挂在床头的铃绳。

当我发现那不过是个摆设，那张床又被固定在了地板上时，这就引起了我的怀疑，那根绳应该只是作为桥梁以方便什么东西钻过洞孔爬到床上来。我立即就想到了蛇，而医生又养了一群从印度来的动物，把这两点加以印证之后，我就感觉我应该是找到了正确的方向。对于一个在东方受过训练而又狡猾冷酷的人来说，想要找到一种任何化学测试都检测不出来的下毒方法，这正是最佳手段。而且这种毒药能够快速见效，也是他采用这种手段的原因之一。确实,眼光再敏锐的验尸官也不可能检查出那毒牙咬过的两个小黑点。然后我又想到了那声口哨——为了以防万一，不让别人在天亮之后看到毒蛇，他就必须把它召唤回去。于是他就对蛇加以训练，很可能就是通过我们见到的牛奶使它一听到召唤就爬回去。

训练好后，他就在他认为的最佳时间把蛇送过通风口，确定使它顺着绳子爬到床上，蛇有可能咬到房间里的人，也有可能不咬，或许她可能连续一周都幸免于难，不过早晚她都会成为牺牲品。

“我在进入医生的房间之前就得出这些结论了。而在检查了他的椅子后，我发现他经常站到上面，那当然是为了够着通风口才站上去的。看到保险柜、那碟牛奶还有那鞭子的套索之后，已经足以消除其他任何怀疑了。斯托纳小姐听到的金属撞击声显然是她继父匆匆把那条毒蛇关进保险箱时发出的。拿定主意之后，我证明此事所采用的步骤，你都知道了。我听到那东西发出的‘嘶嘶’声后，你一定也听到了，我就立即点上了灯，并对它进行攻击。”

“结果你就把它赶回了通风口。”

“也使得它回过头去在房间那边攻击了它的主人，我用藤条抽的那几下起了作用，激起了它毒蛇的本性，以致它对见到的第一个人进行了攻击。如此说来，我对格里姆斯比·罗伊洛特医生的死无疑也有责任。不过，我不会因为这个而使内心受到太多自责的。”

工程师大拇指案

这两件案子是我介绍给我的朋友夏洛克·福尔摩斯的——哈瑟利先生大拇指案和沃伯顿上校发疯案。对聪明且有独立思考能力的读者来说，后一件可能更有研究价值。但前一件，开头就特别奇特，而且整个事情又相当有戏剧性，因此，它很有记述价值。我相信，尽管报纸上登过好几次这个故事，但是，就像其他类似的故事一样，只不过用了半栏篇幅笼统地说了个大概，人们不会怎么去注意。尽管事情过去两年了，但当时的情景给了我很深的印象，我仍然记忆犹新。因此，我想把事实慢慢展开给朋友们，并且让大家一点一点地发现和破解案中的疑团，直至了解事情的全部真相，这样大家会有兴趣的。

故事发生在 1889 年夏天。当时我刚结婚不久，那时我重新开业行医，我们曾经共住的贝克街公寓里只剩福尔摩斯一个人了，我不时地去看看他，有时也劝说他去掉他那豪放不羁的习性到我家做客。我家离帕丁顿车站很近，铁路员工有病就找我看，其中一位病人久治不愈的顽疾被我给治好了后，他就到处宣传我的医术，尽量把他能够劝服的每个病人都送到我这里来医治。

一天早上，还没到七点，女佣就来敲门了，她说，诊室里有两个从帕丁顿来的人在等着。我急忙穿衣下楼，据我猜测，凡是铁路上来的人，一般都是病情相当严重的。我下楼后，我的老伙伴——那个铁路员工从诊室里走出来，并随手把门紧紧地关上了。

“我把他带来了，”他的大拇指朝肩头后指着，轻轻地说，“现在他没多大问题了。”

“这怎么回事？”他的举止让我怀疑他把一个怪物关到我诊所里了，所以，我忍不住问道。

“是一个新病人，”他悄悄地说，“我要不亲自把他送来的话，他会溜掉的。我得走了，大夫。我要去值班，他就交给你了。”说完，我这位忠实的介绍人没等我向他道谢，就急急地走了。

我走近诊室，看见桌旁正坐着一位先生。他衣着朴素，一顶软帽盖在我的书上。他的一只手上裹着块血迹斑斑的手帕。他很年轻，看上去还没到二十五岁，面相英俊而苍白。看上去，他正用全部的精力在抵抗着剧烈的疼痛。

“很抱歉，大夫，这么早就来打扰你，”他说，“我在夜里遇上了一个很严重的事故。我是今早搭火车到这里来的，下火车后打听哪儿有好的医生时，那个好心人很热心地把我带到这里来了。我给了女佣一张名片，她把它放在旁边的那张桌子上了。”

我把名片拿了起来，只见上面印着：维克托·哈瑟利先生，水利工程师，维多利亚街十六号甲(四楼)。这就是这位病人的姓名、身份和住址。“对不起，让您久等了，”我说着，坐到了靠椅上，“看得出您刚刚坐了一整夜的车，整夜坐车是一件很单调乏味的事情。”

“哦，我这一晚可不是单调乏味。”他忍不住靠在椅背上大笑不已，笑声又高又尖，让我很反感。

“别笑了！”我喊道，“镇定镇定吧！”我给他倒了杯水。

然而，他根本不听，还是大笑不已。显然，这是性格坚强的人死里逃生之后的一种失常情绪。过了一会儿，他清醒了，筋疲力尽，面色更加苍白。

“我出尽洋相了。”他喘着气说。

“哪有呢，你把这喝下去吧。”我在他的水杯里掺了些白兰地。他喝了后，苍白的脸红润了些。

“好多了！”他说，“那么，请大夫好好看看我的大拇指吧，或者说，看看我大拇指原来所在的部位。”

他把手帕解开，手掌露了出来。这模样就是铁石心肠的人也不忍心去看的！只见四根突出的手指和一片血红的海绵状断骨肉断面，这里本该是大拇指的部位，但大拇指已被齐根剁掉或硬拽掉了。

“老天！”我叫道，“太可怕了，这伤口一定流了很多血！”

“对，流了很多血。我一受伤就昏过去了，我想我一定昏了好长的时间。我醒来时，发现它还在流血，我把手帕的一端缠在手腕上，并用一根小树枝把它绷紧。”

“你包扎得很好！你真该当一名外科医生！”

“这其实也算是一个水利学问题，在我自己的专业范围内。”

“这是被很沉很利的刀砍的。”我边查看伤口边说。“像是用屠夫的砍刀砍的。”

我又说道。

“我想，这是意外事故，是吗？”

“绝对不是。”

“不是？难道有人故意这么残忍吗？”

“是的。”

“太可怕了。”

我用海绵蘸水把他的伤口擦洗干净了，最后用脱脂棉和消毒绷带包扎好。他躺在床上，虽然不时咬紧牙关，但并没有因为疼痛而动一动。

包扎好后，我问他：“现在感觉好些了吗？”

“您的白兰地和绷带让我感觉自己像换了个人似的，原先我很虚弱，现在好多了，有好多事等着我办呢。”

“我看你最好还是先别想这件事。很显然，这会折磨你的神经。”

“噢，不会的，现在不会了。我得把这事报告警察，但是，老实说，要没这个伤口作证，他们准不会相信我的，这是一件很不寻常的事，而我又没有足以证明我没撒谎的证据。况且，就算他们肯信我，我能提供的线索也是很模糊的，他们能否为我主持公道还是个问题。”

“嘿！”我喊道，“如果你真想解决问题，我倒要向您大力推荐我朋友福尔摩斯先生，你不妨先去找他。”

“噢，我听说过他，”我的病人说，“如果他能受理这个案子，我太高兴了，但同时也得报告警察。您能帮我介绍一下吗？”

“不止为你介绍，我还会亲自陪你去。”

“那就太感谢您了！”

“我们雇辆马车一起走，我想还赶得上和他一块吃早餐，现在去您能行吗？”

“行，不把我的遭遇讲出来，我就不舒服。”

“那么，我叫佣人去雇辆马车。我去去就来。”我匆匆跑上楼，简单地跟妻子解释了一下。五分钟后，我和这位新相识坐上了直奔贝克街的小马车。

不出所料，福尔摩斯正穿着睡衣，叼着烟斗，一边踱步，一边在看《泰晤士报》上的寻人、离婚等启事的专栏。他很热情地接待了我们，叫人拿来了咸肉片和鸡蛋，我们一起饱餐了一顿。吃完饭，他把我的新相识安顿在沙发上，并在他的脑袋下面塞了一个枕头，随后又在旁边放上一杯掺水白兰地。

“看来您的遭遇很不寻常，哈瑟利先生。”他说，“您随便躺着吧，别拘束。说说你的事情吧，累了就歇一下，喝口酒提提神。”

“谢谢，”我的病人说，“医生给我包扎好后，我就好多了，吃了您的这顿早餐后，我感觉全好了。我尽量少占用您的宝贵时间，现在我就开始说我那奇特的经历吧！”

福尔摩斯坐在他的大扶手椅里，一副疲倦的样子把他那敏锐热切的心情给掩饰住了。我坐在他对面，我们静静地听着哈瑟利那很不寻常的故事。

“您要知道，”他说，“我是个孤儿，还是单身汉，孤单一人住在伦敦。我的职业是水利工程师，在格林威治那家有名的文纳和马西森公司的七年学徒生涯中，我积累了干这一行的丰富经验。两年前，我学徒期满。我可怜的父亲去世后，我又继承了一笔很可观的钱。于是我决心自己开业，并在维多利亚大街租了几间办公室。”

“我想，谁都知道，第一次独自开业是多么枯燥无味。这对我来说，尤其这样。两年来，我只受理过三次咨询和一件小活儿，这就是我两年来的全部业务。我总共只收了二十七英镑十先令。每天从上午九点到下午四点，我都在办公室里期待着。直到最后，我终于心灰意冷地意识到，永远都没有顾客上门了。”

“然而，昨天我正想下班的时候，我的办事员通报说，有位先生有业务上的事情要找我。我接过办事员递来的名片，是莱桑德·斯塔克上校的，接着，上校走进了办公室。他中等身材，瘦得厉害，我从没见过这么瘦的人。他的整个面部瘦得只有鼻子和下巴，两颊的皮肤在凸起的颧骨上紧绷着。看来他这种憔悴的模样是天生的，并非疾病所致，因为他目光炯炯，步伐轻快，行动灵活自如。他衣着简朴整齐。他的年纪，大概是 40 岁。”

“‘是哈瑟利先生吗？’他说，有点德国口音，‘哈瑟利先生，有人向我推荐您，说您不只业务精通，而且为人谨慎，能够守口如瓶。’”

“我给他鞠了一躬，跟别的青年一样，听到这类恭维话飘飘然起来。‘我想冒昧地问一下，是谁把我说得这么好呢？’”

“‘哦，也许现在还是不告诉您的好。他还说您既是一个孤儿，又是一个单身汉，而且独身一人住在伦敦。’”

“‘是这样的，’我说，‘但恕我冒昧，我不知道这和我的业务能力有什么关系，据我所知，您是为了一件业务上的事来找我的。’”

“的确如此。您会发现我没说半句废话的。我们有一件事要委托您，这事最重要的是要保密，绝对保密，懂吗？所以，我想一个独居的人应该比和家属生活在一起的人更能保密些。”

“你尽管放心好了，我说，‘既然您要我严守秘密，那我一定会做到的。’”

“我说话的时候，他一直紧盯着我看，我从未见过这样多疑的目光。”

“最后，他说：‘这么说，您敢保证？’”

“是的，我敢保证。”

“‘事前事后和事情进行中，完全保持缄默，嘴巴上和书面上都绝对不能提到这件事，做得到吗？’”

“我已经向您保证过了。”

“‘那好。’他猛地跳了起来，闪电般跑到门口，推开门往外看，外面走廊上空无一人。”

“‘还好！’他把门关上，‘我知道有些办事员对他们东家的事很好奇。现在，我们可以放心地说了。’他紧靠着我坐了过来，又一次用满是怀疑和探查的眼光打量我。”

“看到这瘦骨嶙峋的人这么古怪，我不由得反感和害怕起来，我不耐烦了，我甚至希望失去这项业务。”

“‘快点说您的事吧，先生，’我说，‘我的时间很宝贵。’愿上帝饶恕我，就这么脱口而出了。”

“‘工作一晚五十个畿尼①可以吗？’他问。”

“可真不少。”

“‘我说的一晚上的工作，实际上可能一小时便够了，我只是想请教您有关水力冲压机齿轮脱开的事。只要你把毛病指出来，我们自己就能很快地把它修好。对于这个委托，您觉得怎样？’”

“工作看来很轻松，报酬却很高。”

“‘一点儿不错，我们想请您今晚坐末班车走。’”

“到哪儿？”

“‘去伯克郡的艾津，靠近牛津郡的一个小地方，离雷丁不到七英里。帕丁顿有一班车可以在晚上十一点十五分左右把您送到那儿。’”

“很好。”

“‘我会坐一辆马车来接您。’”

“那么，还要坐马车赶一段路了？”

“‘是的，我们那地方在乡下，离艾津车站有七英里远。’”

“意思是午夜前我们是赶不到那儿了。我估计赶不上回程的火车了，看来，我得在你那儿过夜了。”

“‘对，我们会给您安排地方过夜的。’”

“那很不方便，我不能在更方便的时候去吗？”

“‘我们认为，您最好晚上来。正是因为很不方便，我们才给您出这么大的价钱。这个价钱足以请动您这一行最高明的工程师了。当然，你要想推掉这笔业务，现在还来得及。’”

---

① 英国早期的一种货币单位，1 畿尼为 21 先令。

"我想到了这五十个畿尼对我的重要性。'我不是这个意思，'我说，'我很荣幸能为您效劳。我只是想更清楚地了解一下，您要我做的具体是什么？'"

"'您对我们要求您一定要保证严守秘密感到好奇是很正常的，我们也不打算委托您办一件事而又不让您知道它的底细。我想，绝对不会有人偷听吧！'"

"'绝对不会。'"

"'那好，事情是这样的，您也许知道，漂白土是一种很贵重的矿产，在英国，只有一两处有这种矿藏。'"

"'我听说过。'"

"'不久以前，我在离雷丁十英里的地方买了一小块地——很小的一块地。我很幸运地发现，其中一块地里头有漂白土矿床。可是，探查之后，我发现这是个小矿床。但它的左右却连接着两个大得多的矿床——可是，这两处全在我邻居的地里。这些善良的人们，他们对此却一点儿也不知道。自然，趁他们还没发现他们土地的真正价值之前把他们的地买下来是最合算的。但遗憾的是，我缺少买地的资金。为此，我找了几个朋友秘密商量。他们建议我应该先悄悄地、秘密地开采属于我自己的那小块矿床，用这种方法来筹集资金购买土地。现在，我们已经干了一段时间了。为了便于开采，我们安装了一台水压机。我先前说过，这台机器出了毛病，我希望能得到你的帮助。我们谨慎地保守着秘密。一旦有人知道我们曾请过水利工程师，人们会非常好奇的。那时，如果秘密泄露出去，我们就永远得不到这些土地和实现不了我们的计划了。这就是为什么要您保证别向任何人透露您今晚要到艾津去的缘故。我想我已经把一切都说清楚了。'"

"'我听明白了，'我说，'只是有一点，水压机对你挖漂白土有什么用处？听说，漂白土是像从矿坑里掏沙砾那样掏出来的。'"

“‘啊，’他不在意地说。‘我们有我们的方法，为了在搬运的时候不至于泄密，我们把漂白土压成砖坯。这是细节问题。现在我把所有秘密都告诉您了，哈瑟利先生，您看我多么信任您。’他说着站了起来，‘我们十一点十五分在艾津见。’”

“‘我一定会去的。’”

“‘绝对不能告诉任何人。最后，他又用怀疑的目光久久地凝视我。然后，他用他那湿冷的手和我握别了。’”

“后来，当我冷静下来，您可以想象，我对这突如其来的业务有多么惊讶。当然，一方面我很高兴，因为他出的酬金比我想要的多出了十倍，而且很可能还会由此带来别的业务。另一方面，我的顾客的长相和举止给了我很不好的印象，我觉得他关于漂白土的解释不足以说明让我深夜前往的必要性，也不足以说明他为什么那么担心我跟别人提到我这项业务。不管怎样，我把一切恐惧都抛置脑后。晚饭后，驱车前往帕丁顿，接着上了火车，我按着顾客的要求一直守口如瓶。”

“在雷丁，我不仅要倒车，而且必须更换车站。但是，我恰好赶上了开往艾津的末班车。”

“十一点多钟，我到了那个灯光昏暗的小站。我是在那站下车的唯一乘客。除了一个打着灯笼、困倦不堪的搬运工人外，站台上非常冷清。我走出检票口，发现早上认识的那个顾客正在没有灯光的暗处等待着我。他声都没出就抓紧我的胳膊把我拽上一辆敞着车门的马车。他把车窗给拉上了，敲了敲马车的木板，马就飞快地跑起来了。””

“只有一匹马吗？”福尔摩斯突然插话问道。”

“是的，只有一匹。”

“您记得它的颜色吗？”

“记得，我跨进车厢时，借着边灯看了一下。马是栗色的。”

“看上去无精打采还是浑身是劲？”

“嗯，浑身是劲，毛色非常光润。”

“谢谢，很抱歉把您的话打断了，您的故事很有趣，请接着讲。”

“就这样，我们上了路，马车至少跑了一小时。莱桑德·斯塔克上校说只有七英里远，但我总觉得，从马车的速度和所花的时间来看，至少都有十二英里的路程。一路上，他一直默默地坐在我旁边，我瞟了他几次，发现他一直紧张地盯着我。去那地方的路不太好，因为车子颠得很厉害，弄得我们东倒西歪。我使劲往窗外看，想看看我到底到了什么地方。但窗子是毛玻璃的，除了偶尔路过有灯的地方能看到一片模模糊糊的亮光外，我什么也看不清。我不时找几句话想打破一路的沉闷，但上校每次都用只言片语打发我。这样，话便谈不下去了。最后，马车从崎岖不平的路上驶到了平整的砾石路上了，接着，停了下来。莱桑德上校跳下马车，我紧随其后，突然，他一把把我拉进了敞开在我们面前的大门。我好像是才跳下马车就被拉入了大厅，甚至还来不及扫视一下房子正面。我一跨进门槛，门就在身后砰的一声重重关上了。我隐隐约约地听到了马车离去时吱吱嘎嘎的车轮声。”

“屋子里漆黑一团，上校摸索着找寻火柴，一边小声地嘟哝着。这时，走廊的另一端有一扇门忽然打开了。一道长长的金色亮光向我们射过来。灯光越来越亮，接着，我看见一个高举着灯的女人，她倾身向前打量着我们。我看得很清楚，她非常漂亮，灯光从她黑色的服装上反射出来，看得出，那是很华丽的衣料。她用外语说了起来，听口气像在问什么。当上校三言两语粗暴地应付她时，她显得很吃惊，手里的灯差点掉了下来。上校赶紧走到她身边，对着她的耳朵轻轻说了些什么，然后把她推回到她刚出来的那间房里。随后，他捏着灯朝我走过来。”

“‘也许得请您在这房里稍等片刻。’他说着推开了另一扇房门，这是一间僻静、简陋的小房间。房子中间有一张圆桌，上面散乱地堆着几本德文书。斯塔克上校把灯放到门旁一架小风琴的顶上。‘您不会等多久的。’说着，他就隐没到黑暗中去了。”

“我看了看桌上的书，尽管我不懂德文，但我还是看出其中有两本是科学论文，其他是诗集。接着我走到窗前，想看看乡间的景色，但一扇栎木百叶窗把窗子遮得严严密密。房间里静得出奇，一座时钟不知在走廊里的什么地方滴答滴答地响着，除此而外，一切死一般的沉寂。一阵不祥的感觉笼罩着我。这些德国人是些什么人？他们躲在这偏僻的乡村干什么勾当？这个地方到底是哪儿？我只知道这里距离艾津十英里左右，但它在艾津的哪个方向却不清楚。”

“就这个地方的位置而言，雷丁周围其他一些大镇子可能都在这个半径范围内，所以这个地方可能并不很偏僻。然而，这里那么的静，可以肯定我们确实在乡下。我在房间里踱来踱去，轻声哼着歌壮胆，觉得我完全是为了挣那 50 畿尼的酬金来的。”

“突然，在这极度的寂静中，我房间的门慢慢地悄无声息地打开了。门缝里站着那个女人，她身后是黑暗的大厅，昏黄的灯光照在她那张美丽的面庞上。我一眼就看出她非常惊慌不安，她的神色让我胆战心惊。她哆哆嗦嗦地举起一只手指警告我别出声，她的眼睛就像一匹受惊的马驹一样，匆匆地向身后的暗处回望了一下。”

“‘我要是您我就跑掉了。’她用很蹩脚的英语飞快地对我说，随后她又试图让自己讲得平静些。‘如果我是您我就跑掉了，我不会留在这儿，这对您没有好处。’”

“‘但是，夫人，’我说，‘我还没做要做的工作呢，我得把机器看过了，才能离开这里。’”

“‘别再等了，’她接着说，‘您从这扇门走出去，没人会拦您。’她见我还是笑着摆摆头，突然不那么惊慌了，她向前迈了一步，两手紧握在一起。看在上帝的份上！她低声说，‘趁现在还来得及，快点跑！’”

“但我这人天生固执，工作时遇到阻碍会更加坚定地干下去。我想到了那五十畿尼的酬金，这一趟疲惫的旅行，还有眼前看来很不愉快的夜晚，是否就让这一切毫无回报地付诸东流呢？我为什么要不完成委托给我的任务，不把我应得的报酬得到就偷偷逃走呢？就眼前看来，这个女人可能有点神经质。因此，尽管她的神态大大地震动了我，但我依然态度坚决地摇了摇头，表示我要留下不走。她还想再说些什么，这时楼上响起了很重的关门声，接着楼梯上有了脚步声。她听了一会儿，举起双手做了个绝望手势，然后，和她的出现一样，她又悄无声息地突然消失了。”

“进来的是莱桑德·斯塔克上校和一个身材矮胖，双下巴上长着栗色老鼠胡须的人。上校介绍说他是弗格森先生。”

“‘这位是我的秘书兼经理。’上校说，‘顺便说一下，我记得这扇门开始是关着的，我担心穿堂风吹着您。’”

“‘恰恰相反。’我说，‘是我自己把门打开的，我觉得这屋子有点闷。’”

“他狐疑地看了我一眼，说：‘那我们着手做我们的事吧，弗格森先生这就和我领您去看看机器。’”

“‘我想，我们最好还是把帽子戴上吧。’”

“‘哦，没有这个必要，机器就在这屋里。’”

“‘什么？你们在房子里头挖漂白土？’”

“‘不，不。这只是我们压砖坯的地方，不过这没有关系。我们只要您检查一下机器，并告诉我们哪儿出了毛病。’”

“我们一起上了楼，上校在前面提着灯，我和胖经理跟在他后面。这是一座迷宫似的老房子，有很多的走廊、过道、狭窄的螺旋楼梯、低矮的小门，因为几代人的践踏，所有的门槛都凹陷下去了。底层的地板上没铺地毯，也没有摆放过家具的痕迹。墙上的石灰已经剥落，绿色肮脏的墙壁上冒着湿气。我尽量装作毫不介意的样子，我想起了那位夫人的警告，尽管我没把它当一回事，但我还是警惕着他们。弗格森看起来是个孤僻寡言的人，可从他所说的很少几句话里可以判断他也是位德国人。”

“最后莱桑德·斯塔克上校在一扇矮门前停了下来，开了锁。这是一个方形小房间，不能三个人同时进去。弗格森留在外头，上校领着我走了进去。”

“‘我们，’他说。‘实际上是在水压机里，如果谁现在把它开动，我们就倒霉了。这个小房间的天花板，实际上是下降活塞的终端，它下降到这个金属地板上时能产生好几吨压力。在外面有些横向的小水柱。柱里的水一受压就会把压力递加后传导出去。机器很容易运转，只不过转得不很灵活，使一些压力给浪费了。请您仔细检查一下，告诉我们怎样才能修好它。’”

“我从他手里接过灯，开始彻底地检查机器。这是一台庞大的机器，能够产生巨大的压力。当我走到外面，往下压操纵杆时，听到嗖嗖声，我马上意识到这台机器里有了细微的裂痕，从而使水只能在一个侧活塞里回流。后来检查出传动杆头上的一个橡皮垫圈已经皱缩了，因而不能塞住在其中来回移动的杆套。显然这就是压力浪费的原因，我把这点给上校指了出来，他很仔细地听着，并问了几个关于应该怎么修好这台机器的问题。我给他们交代清楚后，回到了机器的主室内。在好奇心的驱使下，我仔细地打量着这个小房间。我一看就知道，关于漂白土的故事，全是胡扯。因为如果这么大的机器竟然是为了那么一个目的而设置的，岂不荒唐可笑？房间的墙壁是木制的，但地板却是由一个大铁槽构成的。地板上厚厚一层金属粉屑。我弯下腰去，想用手指捏捏，看看到底是什么东西，这时只听到一声低沉的德语惊叫，上校那张死灰色的脸正朝下盯着我。”

“‘你在干什么？’他问道。”

“我对他编故事引我上当感到很气愤。‘我正在欣赏您的漂白土，’我说，‘要是我知道了使用这台机器的真正目的，岂不是能给您多提供一些有关它的建议吗？’可是话一出口，我就为自己的鲁莽而后悔。他的脸色马上变了，灰色的眼睛里射出邪恶的光芒。”

“‘很好！’他说，‘你会知道这机器的一切的！’他往后退了一步，砰地关上了门，并且锁上了。我冲向门使劲地拉把手，但是这门关得严严实实，任我怎么样，它都纹丝不动。”

“‘喂！’我大叫起来。‘喂，上校，放我出去！’”

“这时，我突然听到了一种声音，这把我给急坏了，这是杠杆操纵时的铿锵声和水管漏水的嗖嗖声。他开动了机器。灯还在地板上，我检查铁槽时放地板上的。借着灯光我看到黑黝黝的天花板正缓慢地、摇摇晃晃地向我压下来，我非常清楚，它能在一分钟内把我碾成肉泥。我尖声呼叫，使劲撞门，用手指抠门锁。我苦苦哀求上校，但无情的杠杆铿锵声淹没了我的声音。天花板离我脑袋只一两英尺了，我一举手就能摸着那些坚硬粗糙的表面。这时，我脑袋里突然闪过一个念头——一个人死亡时的痛苦很大程度上取决于死前的姿势。如果我趴着，天花板会落在脊椎骨上，一想到骨头压断时那可怕的脆响，我不禁浑身战栗。另一种姿势也许会好些，但我有胆量仰面躺在那里眼巴巴地望着那团要命的黑影摇摇晃晃地向我压下来吗？我已经站不直了，突然我的目光落在一件东西上，心里有了一丝希望。"

"我前面说过，虽然天花板和地板是铁的，但墙壁是木制的。在我向四周瞥最后一眼时，看到了两块墙板之间有一线微弱的黄光透过来。我把一小块嵌板往后一推，亮光随之越来越亮，刹那间我简直不敢相信这儿的确是逃生之门。我立即从那儿冲了出去，魂飞魄散地躺在墙的外边。我身后的嵌板又关上了，但是那盏灯的碎裂声以及两块铁板的撞击声表明我是怎样侥幸地脱了险。"

"我是被人发狂似的拉扯着手腕才清醒过来的，我发现我在一条狭窄的石头走廊上躺着，一手拿着蜡烛、一手使劲拉我的不是别人，正是那位好心的夫人。我当初不听她的警告是多么蠢啊！"

"'快！快！'她上气不接下气地说，'他们马上就要来了，他们会发现你不在那里。哎呀，别再拖延时间了，快！'"

"这回，我不敢再不听她的了。我蹒跚着站起来，跟着她沿走廊跑去，接着又跑下一个盘旋式楼梯。楼梯下面是一条宽阔的过道。就在我们刚跑到过道时，我们听到了脚步的奔跑声和两个人的叫嚷声。一个在我们刚才那一层，另一个在他的下一层，两人上下呼应。我的向导停了下来，像走投无路了般四处看了看。然后她推开了一扇门，这是一扇进入一间卧室的房门，皎洁的月光从窗户里照了进来。"

"'这是您唯一的机会了，'她说，'高是高了点，但您也许能跳下去。'"

"就在她说话的时候，过道的那头闪出一盏灯。莱桑德·斯塔克上校一手提灯，一手拿着把屠夫用的砍刀般的凶器气急败坏地追过来。我拼命跑过卧室，猛地推窗外望，月光下的花园恬静、芬芳、生气盎然，它就在下面顶多三十英尺的地方。我爬到窗台上，没有立即跳下去，我犹豫着，我不知道我的救命恩人和追杀我的坏蛋之间会发生什么事情，如果她有危险，我决定不管怎样都要回头帮她。我这么想着，上校已到门口了，上校想推开她闯过来，但她抱住了上校，使劲往门外推。"

"'弗里茨！弗里茨！'她用英语喊着，'记住你上次给我的承诺，你答应过这种事不会再发生了。他不会说出去的！老天，他不会说出去的！'"

"'你疯啦，伊利斯！'他咆哮着，竭力挣脱了她的双臂。'你会毁了我们的。他看到的太多了，你让我过去！'上校把她摔到一边，奔到窗口，沉重的凶器向我砍了过来。当时，他砍过来时，我的身子已离开窗户，但手还抓着。我感到一阵剧痛，一松手，我掉到下面的花园里了。"

"我只是震荡了一下，并没摔伤，我很快站了起来，拼命跑进了矮树丛中，我知道我还没脱离危险。可是，我跑着跑着，突然感到一阵致命的眩晕和恶心。我看了看那只痛得阵阵抽搐的手，这才发现大拇指被砍掉了，血从伤口不断地涌出来。我竭尽全力用手帕把伤口裹好，这时，突然一阵耳鸣，我向蔷薇丛中一倒，昏了过去。"

"我不知道昏了多久，时间一定很长，因为当我醒来时，已经星沉月落，旭日东升了。我的衣服被露水打湿了，袖子被伤口的血浸透了。伤口的剧烈疼痛使我记起了夜里的危险遭遇，一想到我可能还没摆脱危险，我马上跳了起来。但是让我大吃一惊的是，当我向四周张望时，既看不到房子，也看不到花园。我刚才躺着的是紧挨马路的一个树篱笆的角落里，前面不远是一座长长的建筑物。我走近一看，原来是我昨晚下车的那个车站。要不是有手上这个吓人的伤口，我还怀疑昨天夜里发生的一切，只不过是一场噩梦。”

“我昏头昏脑地走进车站，打听早班火车的时间，得知一小时后将有一列开往雷丁的火车。我发现值班的还是我来时就在那儿的那个搬运工。我问他是否听说过莱桑德·斯塔克上校这个人，他似乎对这个名字很陌生；我问他有没有注意到昨晚等我的那辆马车，他说没有；又问他附近有没有警察局，他告诉我三英里外有一个。”

“这个距离对我这个又疲劳又有伤的人来说，实在太远了。我决定回城后再报警。回到城里时才六点多一点点儿，所以我先去包扎了伤口。多谢这位医生把我陪送到这里，我把案子托付给您了，我全听您的。”

听完这段不寻常的叙述后，我们沉默了好一会儿。然后，福尔摩斯从架子上取下一个贴剪报的笨重的大本子。

“这里有则启事你们会感兴趣，”他说，“一年前几乎所有报纸都刊登过。您听我念念：

“‘寻人。杰里迈亚·麻先生，现年26岁，水利工程师，于本月九日晚十点离开寓所后下落不明。身穿……’”

“等等，啊哈！我想，这说明上一次上校也对他的机器大检修过。”

“天哪！”我的病人叫道，“那么这验证了那位夫人所说的话。”

“绝对是那样的。很显然，上校是一个凶狠的恶棍，他决不会让任何人来妨碍他的好事，就像那些杀人如麻的海盗一样，他们决不会让他们俘获的船上留一个活人。好啦，现在时间宝贵，如果您还能挺住的话，我们得马上赶到伦敦警察厅去报案，然后再去艾津。”

大约三小时后，我们一起上了火车，从雷丁出发前往伯克郡的那个小村子。同行的是福尔摩斯、水利工程师哈瑟利、伦敦警察厅的布雷兹特里特巡官、警察局的便衣和我。布雷兹特里特在座位上铺开一张伯克郡的军用地图。

“就在这儿，”他说，“这个圆圈是以这个车站为圆心、十英里为半径画的。我们要找的那个地方就在这条线上的某个地方。先生，我记得您说的是十英里。”

“马车跑了整整一个小时。”

“您认为他们是在您昏迷中把您从那么老远的地方送回来的吗？”

“肯定是这样的，我模模糊糊地记得好像是被抬到什么地方去过。”

“我真不明白，”我说，“为什么他们发现您昏在花园会饶过您？难道那个恶狼因为那位夫人的哀求而心软了？”

“我想不太可能，我从没见过那么冷酷的面孔。”

“哦，我们很快就会弄清一切的。”布雷兹特里特说，“圆圈已经画好了，我们唯一要做的就是找出那个家伙所在的那一点。”

“我想我知道这点在哪儿。”福尔摩斯平静地说。

“真的吗？”布雷兹特里特巡官叫了起来，“您知道了！那好，看我们谁和您的看法一样。我想是在南面，因为那边的乡村更荒凉些。”

“我说在东面。”工程师说。

“我说在北面，”便衣说，“那一带有好几个村子都很安静。”

“我说在北面，”我说，“那一带没山，而我们的朋友说他注意到马车没上过坡。”

“嘿！”布雷兹特里特巡官笑着说，“分歧还蛮大。现在得看您了，福尔摩斯，您说谁对了？”

“你们都错了。”

“但我们不可能都错呀！”

“但你们确实都错了。你们听我说，”他把手指向圆心，“他们就在这。”

“但那12英里的路程怎么解释呢？”哈瑟利说。

“去六英里，回六英里，这是很简单的事。您不是说那匹马毛色光亮、精神饱满吗？如果它赶了12英里的路，怎么还能这样呢？”

“是的，这很可能是个诡计。”布雷兹特里特若有所思地说，“当然，这帮家伙是干什么的已经毫无疑问了。”

“当然毫无疑问了。”福尔摩斯说，“他们是大规模伪造硬币的罪犯，他们那台机器是用来铸造合金代替白银的。”

“我们发现这帮狡猾的坏蛋干这行当有一段时间了。”巡官说，“他们大批地铸造假硬币。我们查到雷丁后就没有线索了，他们很巧妙地把踪迹给隐藏起来了。他们是老手，但这一次，是跑不掉的了。”

但这位巡官估计错了，这些罪犯又逃脱了。当我们的火车抵达艾津火车站时，一股巨大的浓烟从附近的一个小树林后面滚滚而上，广袤的田野上空像悬着一片硕大无比的驼鸟毛。

“是房子着火了吗？”我们下车后，布雷兹特里特问道。

“是的，先生。”车站站长说。

“什么时候着的火？”

“听说是半夜起火的，先生。火越烧越大，那里都成一片火海了。”

“那是谁的房子？”

“比彻医生的。”

“请告诉我，”工程师插进来说，“这个比彻医生是个德国人，很瘦，鼻子又长又尖，是吗？”

站长大笑起来，“不是的，先生，他是个英国人，他是我们这个教区穿得最讲究的人。不过，听说倒是有位外国人和他住一起，他可能是个病人，瘦得跟牛排差不多。”

不等站长把话说完，我们就急匆匆地朝失火的方向奔去。这条路直通到一座低矮的小山的山顶。一座高大的白灰粉刷了的楼房出现在我们面前。火舌还在每扇窗、每条缝地往外窜，前面的花园里有三个消防员在灭火，但作用不大。

“就是这！”哈瑟利非常激动地喊着，“就是这沙石路！我躺过的蔷薇花丛就在那边。那边第二个窗口就是我往下跳的窗子！”

“这么一来，”福尔摩斯说，“您的仇已经报了。毫无疑问，是您的油灯被那台机器压碎时把木板墙烧着了。那时他们一心追杀你，所以当时没发觉。您现在睁大眼睛看看，您昨晚的那几位朋友在人群里不？恐怕他们已跑到一百英里以外的地方了。”

福尔摩斯的担心得到了印证。从那天直到现在，无论是那位漂亮夫人，那个阴险的德国人，还是那沉默的英国人，都杳无音信。那天清晨，有个农夫遇到过载着几个人和几只沉重的大箱子的马车，朝雷丁方向飞跑。但此后这几人就销声匿迹了，连聪明绝顶的福尔摩斯也没查找到任何有关他们下落的线索。

消防队员们发现房子里面的布局很奇怪。更使他们不安的是三楼一个窗台上竟然有截刚砍下的大拇指。到太阳快下山时，他们才算没白忙活，把这场大火控制住了。但房顶已经烧塌，整幢楼变成了废墟，除了一些扭曲的活塞和铁管外，让这位倒霉的工程师付出了巨大代价的那台机器竟不知所终。我们在一间杂屋里发现了大量镍锭和锡锭，可是没找到硬币。这些情况可能是为什么马车上有几只沉重的大箱子的原因。

福尔摩斯名言警句

不论案件如何复杂，人们总能寻求出一个解释。

假使不是那块松软的泥土上的清晰足迹，我们这位工程师是如何从花园里来到他苏醒时所在的地方的，就可能是个永远都解不开的谜。很明显他是被人抬过去的。一双脚印很小，另一双脚印却大得出奇。看来，是那位不那么凶残的沉默寡言的英国人帮那个女人把失去知觉的工程师抬离险境的。

当我们踏上返回伦敦的行程时，在火车上我们的这位工程师说："唉，我简直倒霉透了，大拇指没了，五十畿尼的酬金没了，我得到的是什么呢？"

"经验！"福尔摩斯笑着说，"要知道，这也许会有间接收获的：这事传出去后，您的公司一定获得很好的声誉。"

单身贵族案

身处上层社会的圣西蒙勋爵，他那桩不幸的婚事以及这桩婚事奇特的结局，已经有很长一段时间不是那些上层社会人士感兴趣的话题了。这场持续四年之久的闹剧终于在层出不穷的丑闻面前黯然失色,这些新丑闻一些使人亢奋的细节把流言的风头吸引了过去。然而，我有理由相信此案的全部真相一直从未向公众披露，而且我朋友福尔摩斯在审办此案的过程中做出过相当大的贡献，所以我觉得若不对此事做一简略介绍，那我对福尔摩斯的记录一定会是有缺憾的。

那是在我结婚的前几周，当时我还在和福尔摩斯合住一套寓所。一天午后，福尔摩斯外出散步，他的桌上放着一封寄给他的信。那天由于突然转成阴雨天气，秋风不止，我当年参加阿富汗战役时在胳膊上残留有一颗吉赛尔步枪子弹，胳膊此时又开始隐隐作痛，因此我只能一整天都待在家里。我躺在安乐椅里，双腿搭在另一张椅子上，翻看着一大堆报纸，脑子里全是当天的消息。我把报纸丢开，百无聊赖地躺在那里，看着桌上那个信封上的巨大饰章和交织字母，懒洋洋地揣摩是哪位贵族人士给我朋友写了这封信，要知道那可是高贵的人才会用的写法啊。

在他回来进门时，我说："收到一封上流社会的来信。我要是没记错，你上午收到的那两封信，一封是鱼贩子写的，一封是海关检查员写的。"

"是的。我的信件总有这种魅力，三教九流各色都有。"他微笑着回答说，"通常情况下，越是普通人，来信越有意思。这封信看来可不大招人喜欢，跟个传票似的，不是叫你惹人厌就是让你去扯谎。”

他拆开了信封，浏览了一下信的内容。

“嗨！这还说不定是件很有意思的事呢！”

“那不是应酬了？”

“不，明显是业务性的。”

“委托人是贵族吗？”

“英国地位最高的贵族之一。”

“那我要祝贺你了，老兄。”

“华生，我不是矫情，不过我可以向你保证，对于我来说，这位委托人的身份算不上什么，我更感兴趣的是他的案情。可是，要调查这个案件，有关他地位的情况还真有可能是不可或缺的。你最近一直在看报纸吧？”

“差不多吧，”我指了指墙角的一大堆报纸沮丧地说，“我没什么事可以做。”

“那太幸运了，你可能会给我提供更全面的消息。我除了有关犯罪的新闻还有寻人启事栏外，什么都不看，启事总能给我带来点启示。不过你要是仔细看过了最近的事件的话，你一定看过圣西蒙勋爵和有关他婚礼的报道吧。”

“噢，读过，读时兴趣还很浓呢！”

“这就行。我手里这封信就是圣西蒙勋爵写来的。我念给你听听，你要翻翻这些报纸，帮我搜集所有和此事相关的消息。就算你对我为你读信的回报吧！信是这样写的：

亲爱的夏洛克·福尔摩斯先生：

巴克沃特勋爵告诉我说，我完全可以信赖您的分析和判断能力。因此我决意至贵处拜访，兹就有关我婚礼时发生的痛心事情向您请教。苏格兰场的勒斯特雷德先生已然受理此案，然而他也声明不会拒绝与您合作，并且表示有您参与会有很大裨益。我将于下午四点登门求教，届时若您另行有约，还望稍后能予接见，此事于我至关重要。

您忠实的圣西蒙

“这封信来自格罗夫纳大厦，是用鹅毛笔写的，这位尊贵的勋爵还不慎在右手小拇指外侧沾上了一滴墨水。”福尔摩斯说着把信折了起来。

“他说四点钟来，现在三点了，一个小时后他就要到了。”

“通过你的帮助，我还有时间把这事弄清楚。请你翻一下那些报纸，按照时间顺序把摘录出的新闻排好。我要看一下我们这位委托人的具体情况。”他从壁炉架旁边的一排参考书中抽出一本红皮的书册，然后坐下来，将书在膝盖上展开，翻开一页说，“在这里，罗伯特·沃尔辛厄姆·德维尔·圣西蒙勋爵，巴尔莫拉尔公爵次子。嗬！纹章，天青色的底色，黑色的中带，上面有三个蒺藜饰样。现年四十一岁，已然成熟可以成婚。曾于上届政府中担任殖民地事务的辅助大臣。他那位公爵父亲是位外交大臣。他们是金雀花王室的直系后裔，母系血统为都铎王室。唉，这说明不了什么。华生，我觉得还得靠你提供一些更充分的事实。”

“要找想要的东西一点都不费事。”我回答说，“这些事情都才刚刚发生，并且给我留下的印象很深。不过当时我没敢跟你讲，因为那时你正在调查一起案件，而你又不喜欢有其他事打扰你。”

“哦，你指的是格罗夫纳广场的大篷货车那件小事吧？现在已经很清楚了，其实从一开始就很明白了。请你说一下选摘新闻的结果吧。”

“这是我能找到的新闻中关于此事的第一次报道，是在《晨邮报》启事栏里登载的。你瞧，日期是几周前。内容如下：

据说巴尔莫拉尔公爵次子罗伯特·圣西蒙勋爵和美国加州圣

弗朗西斯科的艾洛依休斯·多兰先生的独生女哈蒂·多兰小姐的婚事已经安排妥当，若此言属实，他们将于最近举行婚礼。

就这些。”

“简明扼要。”福尔摩斯说着，将他那瘦长的双腿伸向壁炉旁边。

“就在同一周，一份上流社会报纸上有一段更为详细的记载。嘿，就在这里：

“婚姻市场上很快就会有要求予以保护的呼声，因为目前这种‘自由交易’式的婚姻实惠严重损害了我们本土的婚姻。一次又一次的，我们英国贵族家室的大权滑落到来自大西洋彼岸那些‘好朋友’手中。就在上周，这些迷人的‘入侵者’掳走的战利品名单上又添上了一个重要的名字——圣西蒙勋爵。他20多年来未尝动情，现在却公开宣布即将和美国加州百万富翁多兰先生的爱女、迷人的哈蒂·多兰小姐成婚。多兰小姐体态优雅，貌美惊人，是多兰先生的独生女，在韦斯特伯里宫的欢宴上颇为引人注目。最近有报道说，她的嫁妆将会超过六位数，将来估计还会增加。而巴尔莫拉尔公爵近年来已迫不得已出卖藏画以维持生计，这已是公开的秘密；而且圣西蒙勋爵除伯奇沼泽地区的一小处地产外一无所有。这位加州富翁的继承人通过这场联姻，由一个共和党人摇身变成一个英国贵妇，显然她不可能只获取这些就和圣西蒙结成婚姻。”

福尔摩斯打了个哈欠，问：“还有其他的吗？”

“哦，有，还有很多呢。《晨邮报》上后来又登载了一条消息说，婚礼不会招摇，将在汉诺威广场的圣乔治教堂举行；仅有少数几名至交好友被邀参加；婚礼后，一行人将返回阿洛伊修斯·多兰先生于兰卡斯特租住的布有家具的寓所。两天后，也就是上周三，有简短通报说婚礼业已举行。新人将于地处彼得斯菲尔德附近的巴克沃特勋爵家园度过蜜月。这些就是新娘失踪以前所有的报道。”

“什么以前？”福尔摩斯吃惊地问道。

“那位夫人失踪之前。”

“那她是什么时间失踪的？”

“在婚礼后吃早餐的时候。”

“真的吗？这确实比我预想的要有意思多了；实际上，很有戏剧性。”

“是的，这有点儿超乎寻常，才引起了我的注意。”

“一般新娘逃婚总是在婚礼前不见，偶尔是在蜜月期间不见。不过我还真想不起有哪一桩是如此利索的。请给我详细说说细节吧。”

“提醒你一下，这些材料都不完整。”

“或许我们能够让它们变得完整些。”

“在这里，只有昨天早报上一篇报道详细作过陈述。我念给你听，标题是‘上流社会婚礼上的奇怪事件’。

“罗伯特·圣西蒙勋爵婚礼时发生的令人不快的怪异事件，使得他们全家陷入了极大的惊恐。昨天本报曾经简要报道，婚礼系于前日上午举行。然而，时至今日，对于不断传散的谣言予以证实。尽管其亲朋好友竭力遮掩，此事却已引起公众的极大关注，俨然成为街谈巷议的谈资，因此若仍将此事置之不理，实不明智。现将此事公布如下：

婚礼仪式于汉诺威广场的圣乔治教堂举行，比较低调，除新娘父亲阿洛伊修斯·多兰先生、巴尔莫拉尔公爵夫人、巴克沃特勋爵、新郎兄弟尤斯塔斯勋爵和妹妹克拉拉·圣西蒙小姐以及艾丽西亚·惠廷顿夫人外，未邀请他人参加。仪式结束后，一行人随即前往多兰先生在兰卡斯特的寓所，早餐已经准备妥当。于此当口，有一不知名女子突然介入引起混乱，她于婚宴开始后企图闯入寓所，声称要向圣西蒙勋爵索赔，经过好长一段时间的你推我搡之后，寓所的男管家和男仆才将她赶走。

幸亏新娘于发生冲突前已经进入室内，已与亲友就座共用早餐。席间她说突然感觉不适，然后返回自己房间。后有人说到她已离席很长时间，她父亲立即赶去寻找。然而她的女仆告诉大家说，她只在卧室停留了不一会儿，取了一件长外套和一顶无边软帽就匆匆下楼去了。一个男仆声称曾经看到一个这样打扮的女士离开寓所，当时没有想到那就是女主人，还以为她一直和大家处在一起。确定女儿确实消失以后，多兰先生和新郎立刻报了警。目前警方正在大力调查，这件奇怪的事情有望很快得以澄清。不过，直至昨日深夜，这位小姐仍然下落不明。顿时谣言四起，说是新娘可能已经遇害。据说，警方已经拘留了那个起初引起纠纷的女人，怀疑她出于嫉妒或其他动机，可能会与新娘的失踪有所关联。”

“就这些吗？”

“只有另一份晨报上有一小条消息，不过这消息或许能提供一些信息。”

“说一下。”

“弗洛拉·米勒小姐，也就是那个引起纠纷的女人，确实已经被捕。她好像以前曾于阿里戈洛做过芭蕾舞演员，和新郎相识已有多年。再没什么特别的了，报纸上报道的有关此案所有消息已经说给你了。”

“看来的确是一桩非常有趣的案子，说什么我也不能错过。听，华生，有人在按门铃。哦，已经四点多一点儿了，一定是我们那位身份高贵的委托人来了。华生，不要有委托人来到你就想走开。我很想有人见证我破案，哪怕只是检验一下我的记忆力也好。”

正说着，我们那个小童仆推开房门通报说：“罗伯特·圣西蒙勋爵前来拜访。”后面一位绅士走了进来，他相貌端正，文质彬彬，鼻梁挺直，面色苍白，嘴角微露愠意，双目圆睁，神色镇静，相貌中不怒自威，行动比较敏捷。不过他的外貌和年龄颇为不衬，走路时微微驼背，还有点屈膝，摘下头上那顶帽檐高卷的帽子后，只见头上周围的头发花白，头顶上头发稀疏。他衣着考究，近乎奢华。外面一件黑色的大礼服，内穿一件白背心，衣领高立，黄色的手套，脚穿漆皮鞋，打着浅色的绑腿。他慢慢地走了进来，眼睛左右扫视了一番，手上的金丝眼镜链子不住地晃动着。

福尔摩斯站起身来，鞠了一躬，说："您好，圣西蒙爵士，请于柳条椅上就座。这位是我朋友和同事，华生医生。请您往壁炉边靠近一些。好的，我们开始谈谈这件事吧。"

"福尔摩斯先生，您一定不难想象，这件事让我非常痛苦，简直伤透了我的心。先生，我听说您解决过几桩这类的棘手案子，不过我想那些案子的委托人的地位可能和我有些不同。"

"不一样，是下降了一些，我只能屈尊将就了。"

"您的意思是？"

"上一桩此类案件的委托人是一个国王。"

"啊！真的吗？我没有听说这事。是哪个国王呢？"

"斯堪的纳维亚国王。"

"什么？他妻子也失踪了吗？"

福尔摩斯温和地回答说："您应该可以谅解，我保证对您的事情严守秘密，同样也会为其他委托人保密。"

"当然！很对！很对！请您原谅我的冒失。至于我的案子，只要有助于您对案情做出判断，我会提供一切情况。"

"谢谢。报纸上登载的事情我都已掌握了，不过也就是那些而已。这些报道，比方说关于新娘失踪的这篇应该属实吧？"

圣西蒙勋爵大略看了一下那篇报道，说："是的，它描述的完全属实。"

"不过，任何人要对案情做出结论，必须有充实大量的事实材料。我可以直接问您几个问题来弄清一些事实吗？"

“请讲。”

“您第一次遇见哈蒂·多兰小姐是在什么时候？”

“一年以前，在圣弗朗西斯科。”

“当时您是在美国旅行？”

“不错。”

“你们那时就订婚了吗？”

“没有。”

“不过你们已经开始交往，对吧？”

“我非常喜欢和她交往，并且她能够看出我的喜欢来。”

“她父亲很有钱？”

“人们都说他是太平洋地区的首富。”

“他靠什么发财呢？”

“开矿，几年以前他还一无所有。后来他发现了金矿矿脉，然后投资开发，从此财富不断攀升，一时暴富。”

“呃，现在谈谈这位年轻女士，也就是您的妻子。您感觉她的性格怎样？”

这位贵族目光向下，凝视着壁炉里的炉火，手里的眼镜链晃动得快了一些，开口说：“福尔摩斯先生，我妻子在她父亲暴富时已经二十岁。在此之前，她在矿区中自由自在，经常在山野树林之中游逛。按我们英国人的看法，她就是个假小子，性格刚毅，率性而为，不受世俗的约束。她性子很急，可以说是火暴脾气；做事果断，敢作敢为，毫不顾忌。不过，我要不是看她骨子里是个高贵的女士，”他堂而皇之地咳嗽了一声，“我是绝不会允许她嫁入我家，享受我那份高贵的名号的。我相信她一定能够勇于自我牺牲，任何有损名誉的事情都不会做的。”

“您有她的照片吗？”

“我带着这个。”他打开表链上的坠盒，取出的不是照片而是一个象牙袖珍雕像，刻画的是一个可爱女人的完整脸部。雕刻家展现出了她全部的魅力：乌黑的头发，漆黑的大眼睛，还有非常雅致的嘴形。福尔摩斯仔细地审视着雕像，看了良久，然后盖上坠盒，递还给圣西蒙爵士。

“后来，这位小姐来到伦敦，然后你们重叙旧情？”

“是的。她父亲带她来伦敦参加一些交际活动。我过去和她见过几次，然后我们就订了婚，现在结了婚。”

“我想，她的嫁妆一定很丰厚吧？”

“还算可以吧，和我家族普通的婚礼差不多。”

“既然婚姻已成既定事实，这份嫁妆理当归您支配了？”

“我真的还没有过问过此事。”

“您自然不会过问这种俗事。婚礼前那天您见过多兰小姐吗？”

“见过。”

“当时她心情还好吧？”

“再好不过了，她一直在畅想着我们未来的生活。”

“真的啊！这很有意思。那么婚礼那天早晨怎么样呢？”

“她心情非常愉快，至少婚礼结束前一直都很开心。”

“那时你有没有发现她有一些变化呢？”

“呃……说实话，当时我发现她的脾气开始变得有些急躁，她之前从来没有这样。不过那只是件小事，根本不值一提，对本案不可能有什么关联。”

“就算如此，也请您跟我们描述一下。”

“唉，说来有点孩子气。在我们走向教堂置物的房间，走过第一排座位的时候，她手中的花束不慎掉在了座位前面。不一会儿，座上的那位先生将花束捡起来递给她，花束看起来安好如初。不过我跟她提到这事时，她的回答却很暴躁。在我们回家路上，在马车里她仿佛还在为这件微不足道的小事烦躁不安。”

“是吗？你是说第一排座位上坐着一位先生。那么当时还有一些你不认识的人在场喽？”

“哦，是的。教堂开着的时候不可能不让他们进去的。”

“这位先生不是你妻子的朋友吗？”

“不，不会。我是出于礼貌才称呼他为先生的。他不过是个外表很普通的人，我甚至没有留意他的相貌。不过我想我们离主题离得太远了。”

“也就是说您太太婚礼结束后返回时远不如去参加婚礼时开心，那么，再次回到她父亲的寓所后，她又做了些什么呢？”

“我看到，她和她的女仆谈了一会儿话。”

“女仆是谁？”

“她叫爱丽丝，也是个美国人，从加州跟着一起来的。”

“也就是她的亲随了？”

“这么说有点过了，不过我认为我妻子太过于放纵她了。不过在美国他们不是这样看的。”

“她们两个谈了多长时间？”

“呃，也就是几分钟。我还有其他事情要考虑，就没有再去在意。"

"您有没有听到她们都谈了什么？"

"我妻子提到过什么'霸占别人采矿权'之类的话，她习惯说这种俚语，我不明白她什么意思。"

"美国人的俚语有时会有特殊含意。您太太和女仆谈过话后又做了点什么呢？"

"她直接走进了早餐餐厅。"

"是挽着您的胳臂走进去的吗？"

"不是，她自己走进去的。像这种事情，她总是不太愿受拘束的。我们就坐差不多十分钟以后，她匆匆站起身来，低声说了几句道歉的话，就离开了餐厅。打那起再也没回来。"

"可是，我记得她的女仆，也就是那个爱丽丝，供述说她回过自己的房间，并用一件长外套遮住婚纱，戴上一顶软帽，后来就走了出去。"

"一点不错。后来又有人看到她跟着弗洛拉·米勒走进海德公园。弗洛拉就是那天早晨在多兰先生家里闹事的那个女人，她现在被拘留了。"

"啊，是的。我想了解一下这位年轻女士的情况，还有您和她的关系怎么样呢？"

圣西蒙勋爵耸了耸肩，扬扬眉毛，说："我们已保持了多年的友好关系，可以说是非常好的友爱关系。她过去住在阿利格罗，我对她无不慷慨，她本来没有什么理由可抱怨我的。但是，福尔摩斯先生，您也了解女人。弗洛拉是个非常可人的女人，不过性子很急，并且深深地爱恋上了我。就在她知道我要结婚之后，还写了几封内容可怕的信。说实话，我之所以如此低调地举行婚礼，也是因为担心她到教堂吵闹，惹来流言蜚语。然而就在我们返回多兰先生的寓所后，她就到了，奋力想闯进来，恶言谩骂我的妻子，甚至还威胁她。幸亏我预先想到可能会发生这种情况，事先找了两个警察身着便衣守在那里，他们很快就把她拦了出去。她看到再闹下去也没什么好处，就平静了下来。”

“这些事情您太太都听到了吗？”

“谢天谢地，她没听到。”

“可是后来有人看到她们俩人一起走了。”

“不错，就是这点，苏格兰场的勒斯特雷德先生认为非常严重。他认为是弗洛拉把我妻子哄骗出去，还给她设了一个可怕的圈套。”

“哦，这种设想也有可能。”

“您也这么认为吗？”

“我只说有一些可能。不过我感觉您自己不是这么想的吧？”

“我相信弗洛拉连只苍蝇也不敢杀。”

“不过，嫉妒有时能扭曲人的性格的。您能不能讲讲您是怎么看这件事的呢？”

“说心里话，我是来请您寻找答案的，而不是来提出我自己的看法的，我已经把所有事实全部告诉你了。不过，既然您问，我也可以说说。我觉得可能是结婚使得我妻子太激动了，她意识到她的社会地位一下提高了那么多，让她精神上有点不太稳定。”

“简单说，也就是她突然间精神错乱了？”

“咳！我不想说她抛弃了我——她是抛弃了很多女人渴望却得不到的那么多东西，说真的，我想到这点，对这件事我很难再想到其他解释。”

“哦，当然这种猜想也可以理解。”福尔摩斯微笑着说，“现在，圣西蒙勋爵，我想我已经掌握了全部的资料。还有一个问题，您坐在早餐桌边是不是就能看到窗外的情况？”

“我们可以看到路的对面，还有海德公园。”

“果真如此。那么我想我无须再耽搁您了。我稍后会跟您联系。”

“但愿您能顺利解决这个问题。”我们的委托人说着站起身来。

“我已经有了答案了。”

“那我的妻子在哪儿？”

“这点我很快就会向您说明。”

圣西蒙勋爵摇了摇头，说：“恐怕比你我头脑更聪明的人也不一定能解决。”他说着，庄重地按照老礼鞠了个躬，然后离开了。

“真是太荣幸了，勋爵居然将我的头脑和他的相提并论。”福尔摩斯大笑着说，“经过这么一番盘问，我得喝上一杯苏打威士忌，再抽支雪茄解解乏了。其实在我们的委托人进门之前，我对这个案子已经有了定论了。”

“你真行，福尔摩斯！”

“我记录过好几桩类似的案子，不过就像我刚刚说过的那样，没有一个像这么干脆的。我查问的整个过程印证了我最初的猜想。引用美国作家梭罗的一句名言说，‘某些间接证据非常充分明显，如同你在牛奶里看到鳟鱼一样。’”

“可是你听到的我也都听到了，怎么我——”

“因为你不了解先前的一些案例，而这些给了我很大的帮助。数年前，在阿伯丁有过一个相似的案子。普法战争结束后那一年在慕尼黑有一桩几乎一样的案子。这只是其中之一，不过——啊！勒斯特雷德来了！你好，先生！橱柜上有大号酒杯，烟盒里有雪茄，请自便。”

这位警探先生穿着一件水手厚呢短大衣，打着旧式领带，俨然一副水手形象，手里拎着一个黑色的帆布包。他简短地寒暄了几句后就坐了下来，点上了一支递给他的雪茄。

“怎么啦？”福尔摩斯问道，双眼里闪烁着光芒，“你看起来不太开心啊。”

“我确实是不高兴，是圣西蒙勋爵婚事这件倒霉案子，我全然找不到头绪。”

“真的吗？这真让我很意外。”

“谁听说过这么一起乱成一团的事情？好像每条线索都从我指尖溜掉了。就这个案子我忙了一整天了。”

“把你折腾得浑身都湿透了。”福尔摩斯说着，用手拍了拍他粗呢上衣的袖子。

“是啊，我刚刚在蛇形湖打捞东西来着。”

“天哪，捞什么呢？”

“搜寻圣西蒙夫人的遗体。”

听到这里，福尔摩斯仰在椅子上，开怀大笑起来：“你没再去特拉法尔加广场的喷泉里捞捞吗？”

“哎，你什么意思？”

“这两个地方找到这位女士的机会都差不多。”

勒斯特雷德生气地看了我朋友一眼，怒吼道：“你好像什么都知道似的。”

“唔，我刚刚听说了事情的经过，不过我已经有答案了。”

“噢！真的吗？你觉得蛇形湖和此案毫无关联了？”

“我认为根本不可能有关联。”

“那么，你能不能解释解释我们在那里发现的这些东西是怎么回事？”他说着，打开了手里的帆布包，将里面的东西一股脑倒在地板上，有一件波纹绸婚纱、一双白缎子鞋、一顶新娘的花冠、一张面纱，这些东西都浸透了水，褪了色。“还有，”他说着，在那堆东西上放了一枚崭新的结婚戒指，“这个小难题就要你来解决啦，福尔摩斯大师！”

“噢，真的吗？”我朋友吐出一串蓝色的烟圈，说，“这些东西你是从蛇形湖里打捞上来的？”

“不是。这些东西就漂在水边上，被一个公园园丁发现的。已经确认这些衣服就是圣西蒙太太的，我认为既然衣服在那里，遗体也应该离得不远。”

“你这推理太英明了，按你这么说，每个人的遗体都应该到衣橱旁边去找了。请问你想通过这个得出什么样的定论？”

“证明弗洛拉·米勒与失踪案有所牵连。”

“恐怕你很难证明。”

“真的吗？你现在还这么想吗？”勒斯特雷德生气地喊了起来，“福尔摩斯，恐怕你那一套演绎推理并不怎么实用。两分钟里你就犯了两个错误了。这些衣服确实说明和弗洛拉·米勒小姐有关。”

“怎么讲？”

“衣服里有个兜，里面装着一个名片盒，盒里有张字条，这就是那张字条。”他把纸条一下拍到身前的桌子上。“听着——

‘一切就绪后你就能看到我，到时速来。’

落款是‘F.H.M.’。我一直以为是弗洛拉·米勒把圣西蒙夫人给哄骗出去的，毫无疑问她和她的同谋应该对失踪事件负责。你看‘F.H.M.’正是她的名字的首字母缩写。她肯定就是把这张字条在门口悄悄塞给圣西蒙夫人，然后哄骗她落入他们的控制之中。”

“勒斯特雷德，你真太厉害啦！”福尔摩斯大声笑着说，“你干得真不错，我看看这个。”他漫不经心地拿起纸条，不过立即专注起来，并且满意地叫了一声，说：“这个真的相当重要。”

“哈哈，你也发现了？”

“非常重要！我要向你致敬！”

勒斯特雷德洋洋自得地站了起来，而后又低下头去看了一眼，尖叫道，“喂！你看的那面不对！看反了！”

“恰恰相反，这才是正面。”

“正面？你不是疯了吧？那面才是用铅笔写的便条。”

“哦，这面是一张旅馆账单，这让我很感兴趣。”

“可是上面什么都没有啊，我已经看过了。”勒斯特雷德说。“十月四号，房费八先令，早餐二先令六便士，鸡尾酒一先令，午餐二先令六便士，雪利酒八便士。我看没有什么特殊的啊。”

“你很可能没看出来，不过这还是非常重要的。至于便条，也很重要，或者说至少那些缩写字母很重要。因此我要再次向你致敬。”

勒斯特雷德站起身来，说：“我时间浪费得不少啦，我宁愿相信踏实辛苦的工作，也不会相信坐在壁炉边上编造完美的理论。再见，福尔摩斯先生，我们看看谁能先把事情弄个水落石出。”他把那些衣服收拾起来，塞进提包，向门口走去。

“勒斯特雷德，给你一点提示。”在他的竞争对手出门之前，福尔摩斯慢吞吞地说，“我可以把这件事的真实答案告诉你。圣西蒙夫人是个谜一样的人物。这样一个人，现在没有，过去也一直没有。”

勒斯特雷德鄙夷地看了一眼我的朋友，然后转向我，轻轻在额头拍了三下，表情阴沉地摇了摇头，匆匆离开了。

他刚关上门，福尔摩斯就站了起来，穿上外衣。“这家伙说必须外出踏实辛苦工作，还是有点道理的。因此，华生，我得撇下你出去一会儿，你接着看报吧。”

福尔摩斯离开的时候是五点多钟，不过我并没感到寂寞，因为不过一个小时，就来了一个甜食师傅，送来一个很大的平底盒子。他带来的一个年轻人帮他一起打开了盒子，令我吃惊的是，展现在我面前的是一桌相当丰盛的冷食晚宴：两对山鹬、一只野鸡、一块肥鹅肝饼，还有几瓶老酒，就摆在我们寓所寒酸的餐桌上。将这些美酒佳肴摆放停当之后，那两位不速之客就像天方夜谭里的精灵一样迅速消失了。他们没做任何解释，只是声明这些东西都已付过账，他们是按照吩咐送到这个地方的。

不到九点钟的时候，福尔摩斯步履轻快地走进房间，他表情很严肃，不过双眸闪闪放光，我相信他原来得出的结论应该让他很满意。

“他们把晚饭摆好了吧？”他搓着手说。

“你看来还请了客人。他们摆了五人份。”

“不错，我们会有几个客人过来小坐的。”他说，“很奇怪，圣西蒙勋爵怎么还没到呢？哈！楼梯上的脚步声我敢说肯定是他的。”

进来的果然是下午来过的圣西蒙勋爵，他急匆匆地走了进来，手上的眼镜链晃动得更厉害了，仪态高贵的脸上透露出非常不安的表情。

“您收到信差捎过去的信了？”福尔摩斯问道。

“是的，说实话，信的内容让我无比震惊。你这么说根据充分吗？”

“绝对充分。”

圣西蒙勋爵坐到椅子上，用手按着前额，嘴里小声嘟哝着说：“要是我那公爵父亲听说家族之中有人受到这般羞辱，他会怎么说呢？”

“这纯粹是巧合，我不认为这是一种羞辱。”

“呃，你看待这个问题的角度跟我不一样。”

“我想不出到底谁该受到责罚，也想象不出这位小姐除此之外还有什么办法。尽管这事她做得确实有些唐突，当然这点很让人遗憾。在这样一个决定性的时刻，没有母亲在跟前，没有人能够教她怎么去做。”

“这是对我的蔑视，先生，是一种公然的蔑视，”圣西蒙勋爵敲着桌子说，“我不会原谅她的，我被她不知羞耻地利用了，我真的非常生气。”

福尔摩斯说：“刚刚门铃好像是响了。对，有脚步声上楼梯来了。

圣西蒙勋爵，既然我不能说服您对此事宽大为怀，我又带了一个同意我看法的人过来，他也许能说动您。”他拉开门，迎进来一男一女两位客人，然后对圣西蒙勋爵说：“勋爵，我向您介绍一下，这二位是弗朗西斯·海·莫尔顿先生和他夫人。我想这位太太您先前见过。”

看到来人，我们的委托人一下从椅子上跳了起来，直挺挺地站在那儿，双目睥睨，一只手插进礼服捂住胸口，一副尊严受到冒犯的样子。那位夫人紧走几步走上前去，向他伸出手去，可他还是不肯正眼看她，也许这也是为了显示他的决心，毕竟她那恳求的神色让人很难拒绝。

“你真的生气了，罗伯特。”她说，“不错，你完全有理由生气的。”

“别向我道歉！”圣西蒙勋爵恨恨地说。

“噢，是的，我知道我这样对你真的不好，我离开之前本该跟你说一声的。不过当时我心里有些慌乱，自从我在这里又见到弗兰克之后，我都不知道自己做过甚至说过什么。我差点儿就在圣坛前支撑不住跌倒昏迷过去。”

“莫尔顿夫人，您在解释此事时是否需要我跟我的朋友出去回避一下？”

那个陌生的先生突然插口说：“能不能让我讲讲？我们在这件事上不该这么保密的，从我的角度看，我倒宁愿全欧洲和美国的人都来听听事情的真相。”他身量不高，精瘦结实，皮肤晒得黝黑，脸上刮得干干净净，面部轮廓分明，神态非常机警。

听他这么说，那位女士说：“那么我现在就把事情经过说来让大家听听吧。这位弗兰克和我于 1884 年在落基山脉中的麦克奎尔营地就已认识，当时我爸爸正在当地经营一个矿场。我们就在那个时候订了婚。后来，有一天父亲碰上了一个富矿，然后赚了一大堆钱，而弗兰克的矿脉却越来越少，最后一无所有了。爸爸越来越富，可是弗兰克越来越穷，后来父亲再也不允许我们的婚约持续下去，并且把我带到了圣弗朗西斯科。尽管如此，弗兰克不愿就这样放手，就紧跟着到了那里，还瞒着爸爸跟我见面。要是让爸爸知道这事一定会疯掉的，于是我们就自己私下做了约定。弗兰克对我说他要离开去自己赚钱，到赚的钱跟爸爸一样多的时候他就回来和我结婚。当时我答应要等他一辈子，并且发誓只要他活着就不会嫁给任何其他人。他当时说，‘我们为什么不马上就结婚呢？这样我就对你放心了，就无需在回来时再让发表声明说我是你的丈夫了。’我们经过商量，他把一切都安排妥当，请来一个牧师作见证，就当即举行了婚礼。之后，弗兰克就离开我去赚钱，我回到了爸爸身边。

“我再次听到弗兰克的消息的，说他去了蒙大拿州，后来又去了亚利桑那州，在那里探矿。后来我又听说他去了新墨西哥。之后就在一家报纸上刊登出一篇长篇报道，说有一个矿区营地遭到亚利桑那州的印第安人袭击，死亡者名单中就有我的弗兰克的名字。之后我就昏了过去，大病一场，一连几个月身体虚弱。爸爸以为我得的是肺病，带我看遍了几乎圣弗朗西斯科一半的医生。在接下来的一年多时间里，弗兰克一直杳无音信，我也就死心塌地地以为他真的死了。后来，圣西蒙勋爵来到了圣弗朗西斯科，再后来我们父女到了伦敦，接着我们排定了婚事，爸爸很高兴，可是我的心已经属于可怜的弗兰克，世界上再没有哪个男人能够取代他的位置。

“不过，要是我嫁给了圣西蒙勋爵，我还是要履行我对他的义务。我们不能勉强自己的感情，却可以控制自己的行为。在和他一起走向圣坛时，我心里还打算着要做好他妻子的角色的，可是，当我走到圣坛围栏前，回首一瞥突然发现弗兰克站在第一排眼睛望着我，您可以想象我当时是一种什么样的感觉。刚开始我还以为那是他的鬼魂，不过我定神看去，发现他确实在那里，眼睛里流露着询问的神色，仿佛是在问我看到他到底是高兴还是难过。我现在也不明白我当时怎么没有晕倒，我只觉得天旋地转，牧师的话就像只蜜蜂在耳边嗡嗡地响着，一时不知道该怎么做才好，要打断婚礼，那不就成了教堂里的一场闹剧了吗？我又看了他一眼，他看来知道我在想什么，用手指竖在唇上示意我不要做声，然后在一张纸上草草写了点什么，我知道那是给我的字条。于是我在走出教堂经过他身边时，故意将花束掉到他的座位前面。他捡起花束递给我，顺手悄悄把纸条塞到我的手里。上面只有一行字，告诉我在收到他的信号时跟他一起走。毫无疑问，我的首要任务是要找到他，于是我决定完全按照他说的去做。

"回到寓所，我把这事告诉了我的女仆。他们在加州时就已经认识，并且关系很好。我叮嘱她一个字都不要说，然后简单收拾了一点东西，穿好长外套。我知道我应该跟圣西蒙勋爵说一下，然而在他母亲和那些高贵人物面前又是那么难以启口。我只好不辞而别，以后再做解释。我坐到餐桌前还不到十分钟，就看见弗兰克站在窗外马路对面向我招手，然后转身走进了公园。于是我穿戴好，偷偷溜了出来，跟了过去。这时有个女人过来，冲我唠叨了些圣西蒙勋爵的这这那那，从这些只言片语中来看，勋爵在婚前好像也有些秘而未宣的事情。不过我还是摆脱了她，很快追上弗兰克，然后我们乘坐一辆出租马车，赶到他在戈登广场租下的寓所。在等了这么多年后，我终于等来了自己真正的婚姻。原来，弗兰克先前只是被印第安人俘虏，后来逃了出来，到了圣弗朗西斯科时，发现我以为他死掉而来了英国，他就跟了过来，终于在我第二次婚礼当天的早上找到了我。"

"我是在一张报纸上看到的，"那个美国人解释说，"报上只报道了结婚人的姓名和教堂，却没有提到女方的住址。"

"然后我们就商量着该怎么办，弗兰克主张把所有事情公开，而面对这一切，我非常惭愧，坚持要不告而别，永世不再与这些人见面。最多给爸爸留个字条，告诉他我还活着就够了。一想到那些勋爵贵妇们都围坐在餐桌前等我回去，我心里就越发的不安。弗兰克为了不让别人追踪到我，就把我所有的婚礼上用的衣物打成一包，扔到了谁也找不到的地方。要不是这位好心的福尔摩斯先生今晚赶来找到我们，我们明天就要到巴黎去了。我怎么也猜不出他是怎么找到我们的，不过这并不重要。他好心好意地给我们明白指出，我错了，弗兰克是对的，我们这样偷偷摸摸可能会使我们陷入更错的境地。然后他说为我们提供一个机会，跟圣西蒙勋爵单独谈谈。于是我们立即就赶到他这里来了。罗伯特，这就是事情的全部经过。如果我让你感到伤痛，我向你表示道歉。希望不要把我看得太卑贱。”

圣西蒙勋爵僵硬的表情丝毫没有放松，只是皱着眉头、绷着嘴唇听着这段长长的故事。听过之后，他说：“抱歉，我不习惯当着别人的面谈论我最为隐秘的私事。”

“你还是不肯原谅我吗？我走之前你都不肯跟我握下手吗？”

“唔，如果你觉得高兴当然可以。”他伸出手，冷冷地握了一下她伸过来的手。

福尔摩斯这时插话说：“我希望您能够融洽地和我们坐在一起，共进一顿晚餐。”

勋爵回答说：“你要求得有点过分了，事情发展到这份上，我只能默默接受；可要我取悦诸位，那不可能办到。请原谅，我要告辞了，各位晚安。”他弯腰向我们所有人鞠了一躬，就昂首阔步地走出了房间。

福尔摩斯名言警句

生活平淡，报纸枯燥。大胆和浪漫似乎已经在这个充满罪恶的世界上绝迹了。

“相信你们二位不会驳我这个面子吧。”福尔摩斯对着那两个人说，“莫尔顿先生，能够认识一个美国人总是件很高兴的事。我和许多人一样都相信，这个愚蠢浮躁的大臣王公在多年以后不会妨碍到我们的子孙，他们将在某一天成为大同世界国度的公民，国土上飘扬着同一面米字和星条都镶嵌在内的旗帜。”

我们的客人离开后，福尔摩斯对我说：“这个案子很有意思，它清晰地告诉我们，一件事开始看来似乎根本无法解释，可到最后却是那么的简单清晰。这位女士所叙述的事情，因果次序发展得再自然不过了。可是就有一些人，比方说苏格兰场的那个勒斯特雷德，会感觉没有什么比这个结局再奇怪的了。”

“这么说，这事你一直就没有弄错吗？”

“打一开始，我就很清楚两件事：首先，那位女士起先很愿意举行婚礼；再者，她在回家不过几分钟之后就后悔了。很明显，早晨肯定发生了什么事情才让她改变了主意。能是什么事呢？她在外出赶赴教堂过程中，不可能有人跟她说话，因为一直有新郎陪着她。那么，她是不是看到了什么人呢？要是，那人肯定是个美国人，因为她来英国的时日尚短，不可能有什么人能给她造成这么深的影响，

以至于看了一眼就全盘改变了自己的人生计划。瞧，我们经过一番抽丝剥茧，已经得出这么一个结论，她应该看到了一个美国人。那么这个美国人又是谁呢？为什么会对她有这么大的影响呢？有可能是她的情人，再有可能就是她的丈夫。我已然知道，她年轻时的生活环境非常艰苦，又人生地不熟。在我听到圣西蒙勋爵的叙述之前，我就了解到了这些。他又告诉我们在教堂第一排座中有一个男人，提到了新娘态度的变化，还说到了一个一眼就能看穿的把戏——故意滑落手中的花束去取字条，又说到她跟心腹女仆谈话并且提过'侵占土地'的字眼，而这个词用矿工的行话说就是侵占别人的采矿权。有了这些，整个情况就很清楚了。她一定是跟一个男人走了，那个人不是她的情人就是她的丈夫，是丈夫的可能性更大一些。"

"那你到底是怎么找到他们的呢？"

"本来是很难找到的。不过幸好有勒斯特雷德老兄，他手里掌握了重要信息而浑然不知，那几个姓名的首字母固然重要，但更有价值的是，这个名字的主人在过去的一周内，曾经在伦敦最高级的一家旅店结过账。"

"怎么知道是高级旅店呢？"

"通过昂贵的价格——一个床位八先令、一杯葡萄酒八便士——由此可知那是一家高级旅店。伦敦收费这么高的旅店并不多。在诺森伯兰大街，我寻访的第二家旅店里，通过查阅住宿登记发现，有一位美国男士，弗朗西斯·H. 莫尔顿在前一天刚刚离开。继而核对他的账目时，我在收据的复写联上发现了先前从勒斯特雷德那里看过的账目。这位美国先生留言要求将给他的信件都转到戈登广场226号，于是我就赶到那里，正赶上这对情侣在家。我冒昧地以长辈的身份跟他们说了一些意见，告诉他们，不管从哪方面说，他们都该向大家尤其是向圣西蒙勋爵澄清他们的处境。我邀请他们到这里来和勋爵见面，然后你看到了，勋爵也如约前来。"

“但是，结局不大理想。”我说，“他的行为实在不够大度。”

福尔摩斯听了，笑着说：“啊哈，华生，换作是你，经过求婚、结婚一系列的麻烦事后，突然发现妻子和财产都不翼而飞，恐怕你也不会大度。我们不妨对待圣西蒙勋爵宽容一些，也恳求上苍永远不要让我们落到那般田地。请把你的椅子往前挪挪，再把小提琴递给我。我们剩下的唯一问题是，该如何消磨这以后的萧瑟秋夜。”

绿玉皇冠案

有一天一大早，我在窗前俯瞰街景，我说："福尔摩斯，你看，那边有个疯子朝这边走过来了。他家里人也真是，竟然让他一个人单独跑出来，真是可怜。"

我的朋友懒洋洋地从扶手椅里站了起来，双手插在睡衣口袋里，从我背后往外面看了一眼。这是二月里的一个晴朗的早晨。昨天下的那场雪还厚厚地积在马路上，太阳照在上面，发出耀眼的光。

贝克街中心的雪被往来车辆碾成一道灰褐色的车辙，但人行道两旁那堆得高高的雪却仍然像初下时那样洁白，人行道虽然清扫过了，但还是挺滑的，所以行人比平常稀少了很多。从大都会车站方向向这边走过来的，除了这位孤零零的先生外，别无他人了。这位先生的异常举动引起了我的注意。

他看上去大约五十上下，身材高大魁梧，脸庞厚实，仪表堂堂，气宇非凡。他身穿一件时髦华贵的黑色大礼服，头戴一顶发亮的帽子，脚蹬一双十分雅致的、有绑腿的棕色高筒靴，珠灰色的裤子做工考究。然而，他的举止与他端庄的衣着和仪表相比，却显得非常滑稽可笑。因为他正一个劲地跑着，时不时跳一跳，好像这样能减轻他双腿的劳累一样。他一边跑，一边挥舞双手，脑袋还晃来晃去，这使他的脸扭得很难看。

“他究竟怎么了？”我禁不住问道，“他在查看街上的门牌号码吗？”

“我想他是上我们这里来的。”福尔摩斯搓着手说。

“上这里来？”

“是的，我想他是登门求教的，我看出来了。哈！他来了！”说话间，那个人已经跑到我们公寓的门口了，他急忙把门铃拉得响个不停。

过了一会儿后，他进了我们的房间，一边气喘吁吁，一边做着手势，眼睛里满是忧伤。看到他这副情形，我们笑不出来了，我们感到震惊和同情。他半天说不出话，一个劲地发抖、揪头发，十足的疯子模样。突然，他跳起来想用脑袋撞墙，吓得我俩赶紧把他拦住，把他拉到房子中间。福尔摩斯把他按坐在安乐椅上，自己也在一旁坐着陪他，轻轻地拍着他的手，并很有经验地用他那令人宽慰的语调和客人聊了起来。

“你来是想告诉我一些事情吧？”他说，“你急急忙忙地跑累了，先歇会儿，等你缓过气来，再把你的事情告诉我，我会很高兴地帮你解决的。”

那人坐了一两分钟，胸部剧烈地起伏着，他努力想把情绪稳定下来，稍后，他拿手帕擦了擦前额，抿了抿嘴，转向我们。

他说：“你们一定以为我发疯了吧？”

“我想你一定是遇到了什么麻烦。”

“唉，这麻烦——太突然，太可怕了，足以使我发疯。尽管我向来品行端正，但我可能会蒙受耻辱。每个人都有烦恼，这是上天注定的，但是这两桩事如此可怕地降临到我头上，把我弄得六神无主。这事情不仅和我个人有关，如果得不到解决，恐怕还会连累到这个国家的一些大人物。”

“先生，请镇静一下，”福尔摩斯说，“请告诉我你是谁，到底出了什么事。”

“你们也许听过我的名字，”我们的客人回答说，“我是针线街霍尔德——史蒂文森银行的亚历山大·霍尔德。”

这个名字我们的确听过，他是伦敦城里第二大私人银行的主要合伙人。究竟是什么事情让这位有头有脸的人落到如此可怜的地步呢？我们满怀好奇地等他把精神振作起来好讲述他的事情。

“我觉得事情很急，”他说，“所以当警官建议我来找你时，我就赶紧跑来了。我先坐了段火车，然后跑步到贝克街的，马车在雪地上跑得太慢了。我平常很少锻炼，所以刚才喘不过气来。现在我好多了，我尽量把事情简单明了地讲给你们听。”

“当然，你们都清楚，一家有成就的银行必须善于为资金找到有利的投资之处，同时也要靠增加业务联系和储户的数目。我们投放资金最获利的方法之一是在绝对可靠的担保下，把钱贷出去。这些年我们做了不少这种交易，许多名门贵族用珍藏的名画、图书或金银餐具做抵押向我们借贷了大笔款项。”

“昨天上午，我还坐在银行办公室里，我的职员递给我一张名片。我一看，吓了一跳，这人不是别人，他的名字——我只能告诉你们——是英国最崇高、最尊贵的名字。我对他的到来，感到受宠若惊，正想感谢他的大驾光临，可他开门见山地谈起正事来了，像是急着要完成一桩令人很不愉快的任务似的。”

“‘霍尔德先生，’他说，‘听说你们有贷款业务。’”

“‘只要抵押品值钱，我们就办理这种业务。’我回答说。”

“‘我马上需要五万英镑。’他说，‘当然，我能够从我朋友那借到十倍于这数目的钱，但我情愿把它当做一桩交易，而且亲自来处理。你也知道，以我的身份，随便接受别人的恩惠是很不明智的。’”

“‘我能否问一下，您需要这笔款项多长时间？’我问。”

“‘下周一我能收回一大笔款项，那时我就能还清这笔贷款了，利息你说了算，对我来说，最紧要的就是马上把这笔钱拿到手。’”

“‘我本该很荣幸地用我自己的钱借给您，’我说，‘如果不是因为我拿不出的话。所以，我只能以银行的名义做这笔交易，为公平起见，即使是对您，我也不得不斗胆坚持，应当要有业务上要求的担保手续。’”

“‘我正希望这样。’他说着，把他椅子旁边的一个黑色四方形摩洛哥盒端了起来，‘你肯定听说过绿玉皇冠吧？’”

“‘这是我们帝国最贵重的珍品之一。’我说。”

“‘说得对！’他打开盒子，他说的那件华贵的稀世珍宝垫在柔软的肉色天鹅绒上面。‘这儿有三十九块大绿宝玉，光上面的金质镂花就难以估价。这顶皇冠的最低估价也是我要借的这笔钱的两倍，我打算把它放在你这儿做抵押。’”

“我捧过这贵重的皮盒，茫然不知所措地看了看皇冠，又看了看这位高贵的借贷人。”

“‘你怀疑它的价值吗？’他问。”

“‘完全不是。我只是觉得……’”

“‘觉得放在这儿不恰当吗？你放心好了，要不是我有绝对的把握能在四天内赎回它的话，我才不会这么做呢。这纯粹是一种形式而已。这做抵押够吗？’”

“‘足够了。’”

“‘霍尔德先生，你要知道，根据我对你的了解，我这么做是因为对你的信任。我希望不要由此引发什么流言蜚语，希望你尽可能采取一切措施好好保藏它。如果它有任何损坏，不用说，肯定是一起万众瞩目的大丑闻。所以，对它的任何损坏，后果都和把它丢失了一样严重。这些绿玉，举世无双，没有其他宝石可以替代。可我还是非常信任地把它留在你这里，周一早上我将亲自来取。’”

“我一看客人急着要走，就没多说什么，马上叫来了出纳，让他点给客人 50 张面值 1000 英镑的钞票。当我再次一个人待在办公室里时，想起对面前桌子上的这只贵重盒子的重大责任不由得忐忑不安起来。它是国宝，万一有所闪失，肯定会引来令人可怕的后果。我为我当时同意负责保管它而后悔起来。然而，事已如此，我只好把它锁进我的私人保险柜里，然后继续工作。”

“到傍晚，我觉得这么贵重的东西放在办公室未免太不谨慎了。此前，银行的保险柜都被人撬过，怎见得我的保险柜就不会被撬？万一这样，那太可怕了。因此，我决定此后几天，我要随身带着它，寸步不离。这样一想，我就叫了辆马车，带着皮盒回到了斯特里特哈姆街的家中。我把它拿上楼，锁在我卧室的大衣柜里，这才松了口气。”

“现在我把家里的情况介绍一下，福尔摩斯先生，我希望你对所有情况都有所了解。我的马夫和男仆都不住我家，这两个可以撇下不谈。我有三个跟随我多年的女佣，都是绝对可靠而不用多疑的。

不过，还有个叫露茜·帕尔的侍女，是个打杂的，虽然才来几个月，但她的优良品行让我很满意。她非常漂亮，常惹来一些爱慕者在房子周围转悠，这是她唯一的不足，但我们还是相信，她是个十足的好姑娘。”

“仆人方面的情况就这样，我自己家里人不多，很快可以讲完。我是个鳏夫，只有一个名叫阿瑟的独生子。他让我很失望，福尔摩斯先生，他真叫人伤心！这都怪我自己。别人都说是我宠坏了他，可能也是的。我亲爱的妻子去世后，他就是我唯一所爱的人了，我甚至看见他稍有不高兴都受不了。我对他从来是有求必应的，如果我以前对他严一些，也许对我俩都有好处，但我这么做也是为了他。”

“很自然，我希望他将来能继承我的事业，可他不是那块料，他任性、放荡！老实说，我从不让他经手大的款项。他年纪轻轻，就早已是一家贵族俱乐部的会员，因为他风流潇洒，很快就成了一帮挥霍成性的富家子弟的死党。他又赌牌，又赌马，时不时向我要钱去还赌债。他也曾想和那帮狐朋狗友断绝关系，但在他的朋友乔治·伯恩韦尔爵士的影响下，他又一次次地被拉了回去。”

“也难怪乔治·伯恩韦尔爵士这样的人能有那么大的影响力，阿瑟常把他带回家，我觉得我都被他的翩翩风度折服了。他年纪比阿瑟大，是一个玩世不恭的人。他见多识广，能说会道，而且相貌出众。然而，当我撇开他的仪容不看，冷静地审视他的为人时，他那冷嘲热讽的谈吐，他看人的眼神，都让我觉察出他是个完全不可靠的人。不仅我这么看，我的小玛丽，凭着一种女性特有的对人的直觉，也是这么看的。”

“说到这里，就只剩玛丽的情况没说了。她是我侄女，五年前我兄弟去世后，我把她收养了过来，并把她当亲生女儿看待。她是我家里的阳光——温柔、可爱、美丽，很会持家，同时又具有女性应有的那种文静、温顺的品质。她是我的左右手，没有她，我真不知道该怎么办。她只有一件事违背了我的意愿。我儿子深深地爱着她，向她求了两次婚，都被她拒绝了。我想，如果说有人能把我儿子引到正路上来的话，那就非她莫属了。我相信婚姻能改变他的一切。但现在，天哪！太晚了，永远都挽不回了。”

“福尔摩斯先生，现在你对我家里有些什么人都了解了吧，下面我接着讲这桩不幸的事情。”

“那天晚上吃过晚饭，我们在客厅里喝咖啡时，我把这件事讲给阿瑟和玛丽听，并且告诉他们那件贵重的宝物就藏在家里，不过我没提到借贷人的名字。我能肯定露西·帕尔把咖啡端来后就离开了房间，但她是否带上房门了，我就不敢肯定了。玛丽和阿瑟听了都很好奇，很想看看，但我想还是别动它的好。”

“‘你把它放哪儿了？’阿瑟问道。”

“‘放在我的衣柜里。’”

“‘唔，但愿晚上别被偷走才好。’他说。”

“‘柜子锁起来了。’我回答说。”

“‘哦，那个柜子随便什么钥匙都能打开。我小时候就用厨房餐柜的钥匙打开过。’”

“他说话经常这么随便，所以我就没拿它当回事。可那天晚上，他一脸沮丧地跟着我到了房间里。”

“‘爸，’他垂着头！‘你给我 200 英镑行吗？’”

“‘不，绝不给！’我严厉地说，‘在钱上面我过去对你太慷慨了！’”

“‘你一向都是很好的，’他说‘我非得有 200 英镑不可，否则，我再也没脸到俱乐部去了！’”

“‘那更好！’我嚷道。”

“‘好是好。但你不会让我就这么离开吧，’他说，‘我可丢不起这脸。我必须设法筹到这笔钱。如果你不给我的话，我就去想别的办法。’”

“我当时气坏了，因为这是他这个月里第三次向我要钱了，‘你别想从我这里得到一个子！’我发火了。他没再多说一句话，鞠了一躬后就走了。”

“等他一走，我打开大衣柜，查看那宝物是否安然无事，然后我又锁上了。接着我在房子里四处查看，看是否一切安全，有差错没有。平时，我总是把这个任务交给玛丽的，但那晚，我觉得亲自查才放心。我下楼梯，玛丽正一个人在大厅的边窗旁。我走近她时，她关上了边窗并把插销也给插上了。”

“‘爸爸，’她有些不安地说，‘是你允许侍女露茜今晚出去的吗？’”

“‘我没有。’”

“‘她刚从后门进来。我想，她刚才去会什么人去了，这样子很不安全，我们该制止她。’”

“‘你明早就给她说说吧，如果你希望我去说的话，那我就对她说好了。你肯定各处的门窗都关好了吗？’”

“‘都关好了，爸爸。’”

“‘那么，晚安。’在得到她的肯定回答后，我亲了她一下便上楼到卧室里去了，不久便睡着了。”

“我尽可能把所有和这案子可能有关的事情都告诉你，如果哪点没讲清楚，你尽管提出来。”

“不，你讲得很清楚。”

“现在我要说到最重要的那段情节了。我不是睡得很死的人，何况心里有所牵挂，所以睡得更不踏实。大概凌晨两点，我被屋里的什么声音吵醒了。可我还没完全清醒，这声音就没有了，但它让我感觉好像什么地方有一扇窗户轻轻地给关上了。我侧起身全神贯注地听着，忽然间，我惊恐地听见了隔壁房间里有轻轻走动的脚步声。我害怕极了，悄悄下了床，走到卧室的门角处向外张望。”

“‘阿瑟！’我尖叫起来，‘你这流氓，贼！你竟然敢碰这皇冠？！’”

“我放在那里的煤气灯还亮着，我那个愁眉苦脸的孩子只穿着衬衫和裤子，他的脸色死人般苍白。我把皇冠抢到手一看，发现一个金质边处少了三颗绿玉。”

“‘你这坏蛋！’我气得发疯似的喊了起来，‘你把它弄坏了！你让我一辈子都丢脸！你偷走的那几块宝石到哪儿去了？’”

“‘偷？！’他叫了起来。”

“‘是的，你这个小偷！’我吼叫着，使劲抓住他的肩膀。”

“‘没丢什么，不可能丢什么的。’他说。”

“‘这里有三块绿玉不见了，你肯定知道它们到哪里去了。你不但要当贼，还要当骗子吗？难道我没看见你正试图把另一块绿玉扳下来吗？’”

“‘你骂够了吧，’他说，‘我再也受不了了。既然你这么侮辱我，这事我不会跟你说一个字的。天一亮我就会离开你的屋子自谋生路。’”

“‘你只能到警局去！’我气急败坏地吼道，‘这件事我要追查到底！’”

“‘你别想从我嘴里得到任何情况。’他一反常态非常激动地说，‘你要叫警察，就叫警察来好了！’”

“这时候，因为我们的大声嚷嚷，所有人都吵醒了。玛丽第一个冲了进来，一见那顶皇冠和阿瑟的脸色，她就明白一切了，只听她一声尖叫，就昏倒在地。我立刻让女佣把警察叫来了，请他们马上进行调查。当一位警官领着一位警士进屋的时候，阿瑟两臂交叉在胸前，悻悻地站着，问我是不是要告他偷窃。我说损坏的皇冠是国家的财产，并不是私事，我不得不一切按法律行事。”

“‘至少，’他说，‘你不会让人马上带走我吧。我要是能离开这五分钟，对你我都有好处。’”

“‘这样，你就可以逃之夭夭或者把赃物藏起来了。’我说。这时我意识到我可怕的处境，我恳求阿瑟记住，不但我，而且还有位比我高贵得多的人的荣誉都受到了威胁，很有可能导致一场轰动全国的丑闻。只要他把三颗绿玉交出来，一切都不会发生了。”

“‘你好好想想吧，’我说，‘你是被当场抓住的，拒不认罪将会罪加一等。只有你把隐藏绿玉的地方告诉我们，才能得到宽恕。’”

“‘把你的宽恕留给那些恳求宽恕的人去吧。’他轻蔑地笑着回答，然后转身离开了。我见他如此顽固，只好把警察叫进来将他看住，立即作全面搜查，他的身上，他的卧室，以及每个有可能藏匿宝石的地方都搜查到了，但一无所获。不管我们如何劝诱和恐吓，但这气人的孩子还是一句话也不肯说。今天早上他进牢房了，我在办完了警方要求我办的所有手续后，便急忙赶来求教于你了。警方公开承认他们目前一无所获。你办案要多少经费我都给。我已经悬赏一千英镑。天啊，我该怎么办啊？一夜之间，我的信誉，我的宝石，我的儿子全没了。老天，这是怎么啦？”

他双手抱着脑袋，全身晃来晃去，自言自语地嘟哝着，像个有苦说不出的小孩子。

福尔摩斯静坐了几分钟，紧皱眉头，双眼盯着炉火。

“你平时客人多吗？”他问。

“不外乎我的合伙人和他的家属，偶尔还有阿瑟的朋友。乔治·伯恩韦尔最近来过几次。其他没别的什么人了。”

“你常参加外面的社交活动吗？”

“阿瑟常去。玛丽和我待在家里，我俩都不喜欢社交。”

“这对一个年轻姑娘来说，是很不寻常的啊！”

“她生性文静。另外，她已经不很年轻了，有24岁了。”

“这事，照你所说，她好像很为震惊。”

“非常震惊！可能比我都震惊。”

“你俩都肯定你儿子有罪吗？”

“这还有什么可怀疑的呢，我亲眼看见他手里拿着皇冠。”

“我不认为这是很充分的证据。皇冠的其他部分损坏没有？”

“嗯，它被扭歪了。”

“那你有没有想过，他只不过是想把它弄直？”

“上帝保佑你！谢谢你为他辩护，但这用不着。他究竟干了些什么？如果他是清白无辜的，那他为什么不解释？”

“问题就在这里。如果他有罪的话，他为什么不编个谎言？他的保持沉默，我认为有两种解释，这案子有好几个奇怪的地方。对于把你从睡梦中惊醒的声音，警察有什么看法？”

“他们认为这可能是阿瑟关他卧室房门的声音。”

“说得倒像呢！好像一个作案的人存心大声关门，非把全家吵醒不可似的。好吧，那他们对宝石的失踪是怎么说的？”

“他们现在还在敲打地板，搜查家具，希望能把它们找到。”

“他们有没有想过到房子外面看看？”

“看过了，他们劲头十足，整个花园仔细检查过了。”

“说到这里，我亲爱的先生，”福尔摩斯说，“这不是很明显地告诉了你，这件事比你或警察所认为的要复杂得多吗？在你们眼中，这只是一桩很简单的案件，但我认为它非常复杂。想想你们的分析都是些什么吧。你猜想你儿子从床上下来，冒着很大的风险走进你的卧室，打开衣柜，取出那顶皇冠，用尽力气从上面扳下来三颗宝石，再到另外的地方，把它们用任何人都无法发觉的方法藏了起来，然后又带着其余的三十六颗回到房间，尽管可能会被别人发现。现在我问你，这个分析能立住脚吗？”

“可是还能有什么别的解释呢？”这位银行家做出一个失望的姿势嚷道，“如果不是这样，他为什么不解释解释呢？”

“把事情弄清楚，正是我们要做的工作。”福尔摩斯回答说，“所以如果你愿意，霍尔德先生，我们现在就动身到你斯特里特哈姆街的家去，用一小时的时间更仔细地查看一遍。”

福尔摩斯坚持让我陪他们一同去调查，而我正好也希望一同去，我们刚刚听到的这件事激起了我的好奇心和同情心。我得承认，对银行家的儿子是不是小偷这点，我当时和这位不幸的父亲看法一致，都觉得这是明摆着的；但我仍然对福尔摩斯的判断很有信心，因为我觉得既然他对大家都接受了的解释不满意，那么一定有什么让他认为这事还有希望。在去南郊的路上，他一言不发地坐着，下巴贴到了胸口上，拉下来的帽子遮住了眼睛，他沉浸于深深的思考中。我们的委托人，由于有了一线希望，他恢复了信心和精神，甚至毫无条理地和我聊起了他业务上的一些事情。搭了一段火车，再步行了没多远，我们就到了这位大银行家的豪华的费尔班寓所。

费尔班是一座用白石砌成的相当大的房子，离马路有点远。一条双行的车道沿着一块积雪的草坪直通到两扇紧闭的大铁门前面。右边的一小丛灌木中有条狭窄的小径，这条小径不在庭院里，它是一条并不常用的公共马路。福尔摩斯让我们在门口等着，他自己慢慢地绕房走了一周，从屋前小贩们走的那条小道，绕到花园后面通往马厩的小道。他来回走了好长一段时间，霍尔德先生和我索性进了屋，在餐厅的壁炉边等他。我们默坐着的时候，房门开了，走进来一位年轻的女士。她身高中等偏上，身材苗条，漆黑的头发和眼睛在她非常苍白的皮肤的衬托下更加地黑。我好久没见过脸色苍白成这样的女性了。她的嘴唇也毫无血色，眼睛却因哭泣而红肿。她静悄悄地走进来，似乎经受的痛苦比银行家更大，她不顾我在场，径直走到她叔父跟前，用女性特有的柔情之手抚摸着他的头。

“你已经命令将阿瑟释放了吗，爸爸？”她问。

“没有，没有，我的孩子，这件事必须追查到底。”

“但我相信他是无辜的。你了解女人们的本能是怎么回事。我知道他没做错什么，这样过分地对待他，你会后悔的。”

“哼，如果他真的无辜，他为什么不解释？”

“谁知道呢？也许他因为你怀疑他而感到恼火。”

“我怎么能不怀疑他呢？当时我确实看见他手里拿着那顶皇冠。”

“哎，他只不过是拿起来看看而已。哦，相信我吧！他是无罪的。这件事就这样算了吧，别再提了。想到我们亲爱的阿瑟将要坐牢，真可怕啊！”

“我不找到绿玉就决不罢休——决不，玛丽，你对阿瑟的感情使你看不到它给我带来的严重后果。我绝不能就此了事，我从伦敦请了一位先生来更深入地调查此事。”

“就是这位先生？”她转身看着我问道。

“不，这是他朋友。他要我们让他一个人走走，他现在正在马厩那条小道上。”

“马厩那条小道？”她的黑眉毛向上一扬，“他指望在那里能找到什么？哦，我想，这就是他吧。我相信，先生，你一定能证明我堂兄阿瑟是无辜的。”

“我的看法和你完全一致，而且，我相信，你能帮我们证明这一点。”福尔摩斯一边答话，一边踩在擦鞋垫上蹭掉鞋底下的雪，“我为能和玛丽·霍尔德小姐谈话而感到荣幸，我能否问你一两个问题？”

“问吧，先生，只要有助于澄清这件可怕的事，问什么都行。”

“昨天夜里你没听见什么吗？”

“我是听到叔父的大声说话才下来的，此前没听到什么。”

“你昨晚把门窗都关上了，可你有没有把它们都闩上呢？”

“都闩上了。”

“今天早上这些窗户还都闩着？”

“是的。”

“你的女仆，她有个情人吧？我知道你昨晚曾跟你叔叔说过她出去约会了来着。”

“是的，就是那个在客厅里侍候着的女仆，她也许听到了叔叔关于皇冠的谈话。”

“我明白了，你的意思是她可能把这件事告诉了她的情人，而且他俩有可能密谋偷这顶皇冠。”

“可这些空洞的推理毫无用处。”银行家不耐烦地嚷了起来，“我不是对你讲过我当时亲眼看见皇冠在阿瑟手上吗？”

“别争，霍尔德先生。我们必须追问这件事。霍尔德小姐，我想你是亲眼见她从厨房门附近回来的，是吗？”

“是的，我去看那扇门闩好没有时，我碰见她偷偷溜了进来。我也看见那个男人站在暗处。”

“你认识他吗？”

“噢！认识，他是给我们送菜的菜贩子，叫弗郎西斯·普罗斯珀。”

“他站在，”福尔摩斯说，“门的左侧——也就是，远离此门的路上？”

“是的，是这样。”

“他还是一个有木头假腿的人？”

这位年轻小姐表情丰富的黑眼珠突然有了些害怕的神色。“怎么？你真神啊，”她说，“你怎么知道这个？”她说话时面带笑容，但福尔摩斯瘦削而精神十足的脸上没有迎合对方的笑容。

“我很想现在就上楼去，”福尔摩斯说，“我很可能还得到房子外面再走一圈，不过我在上楼前最好再看看楼下的窗户。”

他很快地走过了一扇扇窗户，只是在那扇可以从大厅望到马厩小道的大窗户前停了一会儿。他打开这扇窗户，“我们现在可以上楼了。”

这位银行家的卧室是一间布置简单的小房间，地上铺着块灰色地毯，立着一个大衣柜和一面长镜子。福尔摩斯径直走到大衣柜跟前，紧盯着柜上的锁。

“锁是用哪把钥匙打开的？”他问道。

“就是我儿子说的——那把餐柜的钥匙。”

“它在哪儿？”

“放在梳妆台上的那把就是。”

福尔摩斯把它拿过来打开大衣柜。

“这是一把无声锁，”他说，“难怪它没吵醒你。这一定是装皇冠的盒子了，我们得看一看。”他打开盒子，将皇冠取出来放在桌上。这是一件华美的珠宝工艺品，那三十六块绿玉是我从未见过的最精美的玉石。皇冠的一边有一道裂口，角上的三块绿玉被扳掉了。

“现在，霍尔德先生，”福尔摩斯说，“这个边角和那不幸丢失绿玉的边角是对称的，我想请你试试看能不能把它掰开。”

那银行家紧张地后退了一步。他说：“我碰都不敢去碰。”

“那我来试试。”福尔摩斯猛然用足力气去掰它，但它纹丝不动。“我感觉它有点松动，”他说，“但是，不管我的手多么有劲，要掰它也很难。一个普通人是掰不开它的。好了，霍尔德先生，即使我真的把它掰开了，会有什么情况发生呢？那就会发出枪响一样的声音。你能说，这一切发生在仅离你的床只有几码远的地方，而你却没听到一点儿声音吗？”

“但是事情肯定会越来越清楚的。霍尔德小姐，你是怎么想的？”

“我承认我和我叔叔一样迷惑不解。”

“当你看到你儿子时，他没有穿鞋或拖鞋，是吗？”

“除了裤子和衬衫，他什么也没穿。”

“谢谢你。我们确实从这个事件中受益匪浅，实在太幸运了。要是我们还不能把这事给弄清楚，那就完全是我们的失职了。霍尔德先生，请允许我再到外面去调查一下。”

他要求只让他一个人去，他解释说，人去多了会留下一些不必要的脚印，这会给他的工作带来很多困难。他出去了大约一个多小时，回来的时候他一脚的积雪，他的脸上依然是神秘莫测的样子。

“我想这里该看的我都看过了，霍尔德先生，”他说，“我想现在要为你做的，就是回到我的寓所去。”

“但是那些绿玉，福尔摩斯先生，它们在哪里？”

“我说不准。”

“那我永远见不到它们了！”这位银行家搓着双手大声说，“还有我儿子呢？你不是给了我希望吗？”

“我的意见丝毫未变。”

“那么，上帝啊，昨晚上我房里到底发生了什么？”

“如果你明天上午九点或七点到贝克街找我，我会很高兴地尽量把它讲得更清楚些。我希望你能全权托我办你这件事，只要能把那些绿玉找回，你别限制我的花费。”

“为了找它们，我愿意把我的全部财产拿出来。”

“很好，我会在明天上午前把这事给了结了。很可能我在傍晚前还得再来这里一趟。再见。”

我清楚地知道我的朋友现在已经胸有成竹了，至于他究竟有些什么结论，我一点儿也不知道。回家的途中，我有几次想从他嘴里探出点什么，但他老把话题引开，最后，我只好作罢。我们回到贝克街时，还不到下午三点。他急忙跑进他的卧室，几分钟后，他便扮成一个流浪汉出来了。他的衣领上翻着，磨得发亮的破外衣下系着红领带，脚蹬破旧的皮靴，俨然一个典型的流浪汉。

“我打扮得还像吧？”他边说边对着壁炉上的镜子看了看，“我真希望你能和我一起去，华生，但恐怕不行。这个案子的线索我可能找对了，也可能是捕风捉影，但到底是哪种可能，很快就会明白的。我希望几小时后就会回来。”他从餐柜里放着的大块牛肉上割下一块，夹在两片面包里，然后把它们塞进口袋就走了。

我刚喝完茶，就见他手里提着边上有松紧带的一只旧靴子很高兴地回来了。他把那只旧靴子往角落里一扔，便去倒茶喝。

“我路过这里就顺便进来看一下，”他说，“我得马上走。”

“到哪儿去？”

“噢，去西区那边。我可能得很长时间才能回来，如果我回来太晚，你就别等了。”

“事情进展怎样？”

“嗯，还行，一切顺利。我离开你后又去了一趟斯特里特哈姆，不过没进屋。那个小疑点很有意思，我绝不能轻易把它放过。我不能再坐在这里闲聊了，我得把这套下等人的服装脱下来，重新穿上我自己原来那套。”

我从他的一举一动可以看出，他有比在他话里面所暗示的更令人满意的理由。他两眼发亮，甚至菜色的脸上泛出了红晕。他匆匆地上了楼，几分钟后，大厅的门砰地一响，他又出去追捕了。

我一直等到半夜，他还没回来，我就回房

休息了。他接连几天几夜追踪一个线索是常有的事，因而我对他的迟迟不归并不奇怪。我不知道他是什么时候回来的，但当我早晨下楼吃早餐时，他已经坐在那里了，只见他一手端着咖啡，一手拿着份报纸，精神很好地看着。

“对不起，华生，我没等你就先吃了。”他说，“你应该记得我们的委托人今天上午和我们的约会吧？”

“怎么，现在过九点钟了？”我回答说，“我听到门铃响了，一定是他。”

果然，来的正是我们这位银行家朋友。他身上发生的变化，让我非常震惊，因为他那天生的宽阔结实的脸庞，现在消瘦得凹了下去，他的头发也比昨天更灰白了。他非常萎靡不振地走了进来，和前一天早上那种狂暴的样子相比，他更加痛苦了，他沉重地跌坐在我推给他的扶手椅上。

“我不知道我到底做了什么缺德事，上帝要这么惩罚我。”他说，“两天前我还是个幸福和富裕的人，无忧无虑地活在这世界上，现在我竟落到了下半辈子要孤独地、不光彩地度过的地步。真是祸不单行啊，我侄女玛丽离我而去了。”

“离你而去？”

“是的。今天一早我发现她的床一夜没人睡过，她的房间也是人去楼空，大厅桌子上放着一张留给我的便条。我昨晚曾经忧伤但并不气愤地对她说，要是她和我儿子结了婚，我儿子的一切都会好起来的。也许这样说有欠妥当，她的便条里也提到了这点。”便条的内容如下：

我最亲爱的叔叔：

我感到我已经给你带来了烦恼，如果我采取了另外一种行动，这件可怕的不幸事情也许永远都不会发生。我这样一想，就不好意思再住在这儿了。我觉得我应该永远离开你。不要为我的前途担心，我有栖身的地方。更重要的是，千万别找我，这不仅是徒劳的，而且会帮我的倒忙。不管我生还是死，我永远是你亲爱的侄女。

玛丽

“她这张便条是什么意思，福尔摩斯先生？你认为她暗示想要自杀吗？”

“不，不，根本不是这么回事。这也许是最好的解决办法了。我相信，霍尔德先生，你的烦恼事马上就要结束了。”

“哈！你肯定是这样？你打听到了什么，福尔摩斯先生，你打听到什么消息了吗？那些绿玉在哪儿？”

“你不会觉得一千英镑一块绿玉的价钱太贵了吧？”

“我愿意出一万英镑。”

“不用这么多，有三千英镑就差不多了。不过，还要一笔小小的酬金。你带支票簿没有？给你这支笔，开一张四千英镑的支票吧。”

这位银行家木头人般如数开了支票。福尔摩斯走到他的写字台前，取出一个小小的三角形金纸包，里头包着三块绿玉。

我们的委托人发出一声喜悦的尖叫，一把将它们抓到手里。

“你弄到手了！”他急促地说，“我有救了！我有救了！”

他非常喜悦地将失而复得的绿玉紧紧抱在胸前。

“你另外还欠了一笔债，霍尔德先生。”福尔摩斯相当严肃地说。

“欠债？”他拿起笔，“欠多少，我这就还。”

“不，不是钱。你应该给那个高尚的小伙子——你儿子——好好道歉，他把这件事揽到自己身上了，我要有这么一个儿子，我会觉得很骄傲的。”

“那么不是阿瑟拿走的？”

“我昨天就跟你说过，现在我再重复一遍，不是他。”

“你敢肯定？！那我们马上到他那里去吧，告诉他已经真相大白了。”

“他已经知道了。我弄清楚全部经过后找过他，他不愿意说实话，我替他说了，他听后不得不承认我是对的，并且给我还不清楚的几个细节做了补充。”

“我的上帝！那么，赶快告诉我到底是怎么回事吧！”

“我会告诉你的，而且我还会告诉你我为弄清事情底细所采取的步骤。让我从头讲起，首先，这话我很难说出口，你也不会相信：那就是乔治·伯恩韦尔爵士和你侄女玛丽勾搭上了。他俩现在一块逃走了。”

“我的玛丽？不可能！”

“非常不幸，这是肯定的事实。当你们把他带到你家里时，无论是你或是你儿子，都不很了解他的真实品性。他是英国最危险的人物之一——一个潦倒的赌徒，一个穷凶极恶的流氓，一个没心没肝的人。你侄女对这种人一无所知。当他对她信誓旦旦地像他以前对无数别的女人所做的那样，她自鸣得意，认为只有她一个人打动了他。这个恶魔深知如何用花言巧语去利用她，并且几乎每晚都和她幽会。”

“不，不可能有这种事！”银行家脸色灰白地叫嚷着。

“那好，现在我来告诉你前晚你家里发生的一切吧。你侄女，当肯定你已回房休息后，就悄悄溜下来在那扇朝向马厩小道的窗口和她的情人说话。因为他站了很久，所以他的脚印印透了地上的雪。她和他谈到那顶皇冠，这消息引起了他对金子的邪恶贪欲，他迫使你侄女服从他。我不怀疑她是爱你的，但是有这么一种女人，她们对情人的爱会淹没对所有其他人的爱，我想，她就是这么一个女人。他还没有说完自己的计划，她就见你下楼了，于是急忙关上窗户，并告诉你那女仆和她装木头假腿的情人的越轨行为，这确有其事。

“你儿子阿瑟和你交谈后，就上床去睡觉了，不过他因为欠俱乐部的债而心神不宁，难以入睡。半夜时分，他听见一阵轻微的脚步声从他房门走过，因此他起床向外探视，吃惊地看到他堂妹蹑手蹑脚地走过过道，直到闪进你的卧室。这孩子惊得目瞪口呆，急忙随便披了件衣服站在暗处要看个究竟。这时，他堂妹又从房间里走了出来，你儿子借着过道里的灯光看见她拿着那顶珍贵的皇冠走下楼梯，他感到非常恐慌，跑过去躲在你门口的帘子后面，从那儿他可以看到下面大厅里发生的一切。他看见堂妹偷偷打开窗户，把皇冠从窗户里递出去交给暗处的什么人，然后重新关上窗户，从他面前——他躲在帘子后面——走过，匆匆回到她房里去了。

“只要她还在场，他就不会采取什么行动，以免暴露他心爱的女人的可耻行径。但她走开后，他马上意识到这事会给你带来多大的不幸，所以他想挽救过来。他鞋都没穿，披着衣服就急奔下楼，打开窗户，跳到外面的雪地里，沿着小道追去，在月光下他看见了一个黑影。乔治·伯恩韦尔爵士正企图逃跑，但被阿瑟抓住了，两人争夺起来，你儿子抓着皇冠的一端，而他的对手抓住了另外一端。扭打间，你儿子揍了爵士一拳，打伤了他的眼睛。这时有什么东西拉断了，你儿子发现皇冠到了自己手上，便急忙跑回来，关好窗户，进了你的卧室，正在察看那扭坏了的皇冠并试图把它弄正的时候，你出现了。”

“这是真的吗？”银行家抹了一把汗说。

“正当他以为你会感谢他的时候，你却对他破口大骂，这激起了他的怒火。当时他既不能说明实际情况，又不能出卖他认为应该手下留情的人。他隐藏了她的秘密，他认为他必须要有骑士风度。”

“这就是她一看到那顶皇冠就尖叫着昏过去的原因。”霍尔德先生大声嚷道，“噢！上帝！我真瞎了眼！是的，他要求我让他出去五分钟！我亲爱的孩子是想到打斗现场去寻找那失落的绿玉。我是多么残暴无理地冤枉了他！”

“当我走进你屋子的时候，”福尔摩斯接着说，“我立即到四周仔细地察看了一番，看雪地里有什么有助于我调查的痕迹没有。我知道从前天晚上到现在没有再下过雪，并且恰好有层霜保护着脚印。我经过小贩所走的那条小路，看到脚印被践踏得无法辨别了。不过，在离厨房门稍远的地方，我发现有某个女人站在那里同某个男人谈话时留下的痕迹，其中有个脚印是圆的，这说明此人有条木制的假腿。我甚至还能断定，有人惊动了他们，因为从雪上一脚深一脚浅的脚印可以看出，那女人是很慌乱地跑回到门口的。那个装假腿的人在那里待了会儿才走开。我那时猜想这可能是那女仆和她的情人，你告诉过我他们的事情。后来调查证明确实是的。我到花园里绕了一圈，除了杂乱的脚印外，没别的什么，我想这是警察留下的，但是到了通往马厩的小道时，我看见雪地上有一段很长很复杂的脚印。

“那里有两条穿靴子人的脚印，另外让我很高兴的是，还有两条，是一个打赤脚的人的脚印。根据你曾经告诉我的情况，我立刻断定后两条脚印是你儿子留下的。头两条脚印是走出来的，而后两条是跑出来的，而且他的某些脚印盖在皮靴的脚印上，显然他是后来追上去的。我跟着这些脚印走，发现它们通往大厅的窗户，那穿皮靴的人在这里等的时候将周围所有的雪都踩得融化了，随后我到了另外一边，从小道走下去一百多码的地方。此外，我看出那穿皮靴的人曾转身过，地上的雪被踩得纵横交错，一片狼藉，好像曾有人在这里搏斗过，最后我发现那里有几滴凝住的血，这说明我没弄错。这时，穿皮靴的人沿小道跑了，那里的一小滩血，说明受伤的是他。当我跟到另一头的大路上时，看见人行道已经清扫过，线索也就此中断。

“你可能还记得，进屋时，我曾用放大镜检查大厅的窗台和窗框，我发现有人从这里进出过。我立刻分辨出，这是一只湿脚跨进来时踩的。那时我对于这里发生过什么事有了大致的了解。也就是说，一个人在窗外守候，另一个人把绿玉皇冠递出去，这情况被你儿子看见了。他去追那个贼，并和他打起来。他们都抓住了皇冠，一起使劲争夺，这才造成任何人都不能单独造成的那种损坏。他把皇冠夺了回来，但他的对手却夺去了另一小部分。我当时所能弄清的就是这些。当时的问题是，那人是谁？将皇冠拿给他的人又是谁？

“我记得有句古老的格言这么说道，当你把不可能的情况排除后，其他的，不管有多么难以相信，但必定都是真实的。我知道，你不会把皇冠拿给别人的，所以只有你的侄女和女仆们。但如果是女仆们干的事，你儿子怎么愿意自己背黑锅呢？这个推断站不住脚。而他爱他的堂妹，所以他才保守秘密，这样解释就很通了。因为这种秘密是件很不光彩的事，他就更要保密。我记得你说过曾看到她站在那窗户旁边，后来她一见皇冠便昏了过去，我的猜测就成了十分肯定的事实了。

“但是，谁是她的同谋呢？显然是她情人，只有情人在她心上可以超过她对你的爱和感恩之情。你深居简出，结交的朋友很有限，而乔治·伯恩韦尔爵士却是其中一个。我以前就知道他在妇女当中是臭名昭著的，穿皮靴夺绿玉的人肯定是他。尽管他知道阿瑟已经发觉是他，他依然认为自己高枕无忧，因为你儿子只要吐露一个字，就能危及你的家庭。”

“好啦，凭着你良好的辨别力，你一定能知道我采取的第二个步骤是什么。我装扮成流浪汉到了乔治爵士的住处，结识了他的贴身仆人，得知他的主人前晚划破了头。最后我花了六个先令买了一双他主人不穿了的旧鞋。我把鞋带到斯特里特哈姆一核对，它和那脚印完全相吻合，一丝不差。”

“昨晚，我在那条小道上看到过一个衣衫褴褛的流浪汉。”霍尔德先生说。

“没错，那就是我。我觉得我已经查出了我要找的人，所以赶紧回家更换衣服。我要扮演一个微妙的角色，因为我知道必须避免起诉才不至于出现丑闻，而且我明白这个狡猾的恶棍也知道我们在这事上奈何不了他。我登门找他，一开始，自然他否认一切。但是，当我给他说过所发生的一个具体情况后，他从墙上拿下护身棒威吓我。然而，我知道我面对的是什么人，我在他举棒之前，掏出手枪对准了他的脑袋，这时他才有点理性。我告诉他我可以出钱买他手里的绿玉——一千英镑一块。他显出一种十分后悔的样子，‘哎哟，真倒霉！’他说他把那三块绿玉以六百英镑的价格卖出了。我答应不告他之后，他告诉了我收赃人的地址。我找到了那个人，多次讨价还价后，我以一千英镑一块的价格把绿玉赎回来了。接着我就去找你儿子，告诉他一切都办妥了。最后，我在劳累了一天后，两点钟左右上床睡觉了。”

“可以说这一天是将英国从一桩大丑闻中拯救出来的一天，”银行家说着站起身，“先生，我不知道该如何感谢你，但我不会辜负你所做的一切。你的本领实在是我前所未闻的。现在我必须赶快去见我亲爱的儿子，为冤枉了他向他道歉。至于可怜的玛丽的事，太让我伤心了。你的本领再大，恐怕也不知道她现在在哪里吧！”

“我想我很有把握，”福尔摩斯回答说，“乔治·伯恩韦尔爵士在哪她就在哪。同样，还可以肯定地说，不论她犯了什么罪，他们不久就会受到严厉的惩罚。”

福尔摩斯名言警句

对于装病，我认为我有能力写个专论。

铜山毛榉案

“一个为艺术而热爱艺术的人，经常是从最细微和最不起眼的地方获取最大的乐趣。”夏洛克·福尔摩斯将《每日电讯报》的广告专页扔在一边谈论道，“华生，从你对我们侦察案件的细致清晰的整理记录中，我特别高兴地看到，现在你已掌握了这一真理。而且，我不得不说，有时你还加以润色。你并没有过于突出我所侦破过的著名讼案和轰动一时的审讯，而是注重那些本身情节可能平凡琐细的案件，然而这些案件却为我提供了发挥推理和逻辑以及综合才能的空间，而这些才能又是在我的能力学识范围之内的。”

“但是，”我微笑着说，“我不能完全为自己在记录中采用耸人听闻的手法来开脱。”

“或许，你是犯过错的，”他边评论边用火钳夹起一块烧得发红的煤渣，并用它点燃了他那长柄的樱桃木烟斗，当他处于与人争辩而不是冥想状态时，会习惯性地用这个烟斗来替换陶制烟斗。“也许你错在总是想把你的每项记述都写得生动活泼些，而不是错在将你的任务限制在记述事物因果关系的推理上——这实际上是事物唯一值得注意的地方。”

“听起来，我在推理才能方面对你做的记述还是十分公正的，”我冷淡地说，我非常讨厌他的自以为是，我曾不止一次从他那非凡的性格中观察到这种自负。

“不，这并不是自私和自大，”他回答说。和往常一样，他不是针对我的话而是针对我的想法。“如果我要求公正地对待我的技艺，那是因为它是一种超越自我而客观存在的事物。犯罪是常见的，逻辑是不常见的。因此，你应当详细记述逻辑而不是罪行。你却把要讲的课程降级为一系列的故事。”

这是一个寒冷的初春的早上。早饭过后，我们两人相对坐在贝克街老房子里熊熊的炉火旁边。一阵浓雾滚滚而来，弥漫于成排的暗褐色的房子之间。对面的窗户在这深黄色花环似的团团浓雾中，若隐若现成为阴暗的、不成形状的模糊一片。我们点着了气灯，灯照在白台布上，照在微微闪光的瓷瓶和金属器皿上，因为当时餐桌还没有收拾干净。夏洛克·福尔摩斯整个早晨一直沉默地不断翻阅着一系列报纸的广告栏，最后，他显然放弃了查阅，好脾气地对我文笔上的缺点上了一堂课。

“同时，”他顿了一下，此刻他正坐着抽他的长烟斗，并且两眼盯着地上的火炉，又接着说道，“不会有谁指责你用了危言耸听的笔法的，因为在这些你所热心感兴趣的案件中，相当大的一部分不是法律意义上的犯罪行为。我尽力帮助波希米亚国王的那件小事，玛丽·萨瑟兰小姐的奇异经历，有关那歪唇男人的难解问题，那个贵族单身汉事件，这些都是不属于法律范围之内的事情。但我担心你在尽力避免耸人听闻的同时又犯了过于繁琐的错误。”

“结果可能会是如此，”我回答道，“但是我的写作方法却是新颖有趣的。”

“哎，我亲爱的朋友，对于那些最缺乏观察力的大众来说，他们根本不可能从一个人的牙齿看出他是一个织布工，或从一个人的左拇指看出他是一个排字工，他们根本不会去关心分析和推理的细微区别！但是，如果你写得确实太繁琐，我也不能责备你，因为大案的时代已经过去了。人们，至少是犯罪分子，已经失去了过去那种谋划和创新精神了。我自己的业务，似乎也退化成为一家代理处了，只办理一些为人家寻找丢失的铅笔，以及替寄宿学校的小姐们出出主意的事。我认为我的人生已经到了最低谷。我想，今天早上收到的这张条子标志着我的人生事业的最低点，你读读吧！”说着，他把揉皱的纸丢给我。

这是前天晚上从蒙塔格奇莱斯寄来的，内容如下：

亲爱的福尔摩斯先生：

我急切地想找您咨询一下关于我是否该接受人家聘请我当家庭女教师的问题。如果方便的话，我明天十点三十分来拜访您。

您忠实的

维奥莱特·亨特

“你认识这位年轻的女士吗？”我问。

“不认识。”

“现在已经十点半了。”

“是的，我非常确定她现在在按门铃。”

“这事可能要比你想象中的有趣。你还记得蓝宝石事件开头的研究好像只不过是一时的兴趣，后来却发展成为严肃的调查，这件事也许同样如此。”

“好吧，但愿如此。但是我们的疑虑很快就要消逝了，因为，要是我没有搞错的话，当事人已经来了。”

他正说着，门开了，一位年轻的女士走了进来。她穿戴朴实，衣着整齐，一脸明媚干练的笑容，脸上长着像鸻鸟蛋那样的雀斑，举止敏捷，像个为人处事很有主见的妇女。

“冒昧打扰了，我确信您会原谅我的，”当我的伙伴起身跟她打招呼时，她说，“我遇上了一件奇怪的事情，由于我没有父母亲戚可以商量，我想或许您能好心地给我些建议。”

“请坐，亨特小姐，我很高兴能为你服务。”

可以看得出，福尔摩斯对新顾客的言谈举止有着良好的印象，他以探究的方式把她上下打量了一番，然后镇静下来，眼睑下垂，手指尖并在一块，听她陈述事情的经过。

“我在斯彭斯·罗上校的家里担任了五年的家庭女教师，”她说，“但是两个月以前，上校奉命到新斯科舍的哈利法克斯去工作；他带了他的几个孩子同往美洲，我便失了业。我登报寻找职位，并去应征报纸上的招聘，但都没有成功，最后我积蓄的小小存款开始枯竭，我已到了无计可施、不知道如何是好的地步。

“西区有一家知名的叫做韦斯塔韦的家庭女教师代理处，我每周都要去一次，看看有没有适合我的工作。韦斯塔韦是代理处创办人的名字，但实际上现在是由斯托珀小姐在经营。斯托珀小姐坐在自己的专属小办公室内，那些找工作的女士则坐在接待室内等候，然后逐个被领进屋，她则查阅登记簿，看看是否有适合她们的职业。

“嗯，上个星期我去代理处时，像往常一样被领进那间小办公室。但是，我发现办公室内并非斯托珀小姐一人，一个身材高大结实的男人，一脸笑容地坐在她的肘边，他那大而厚的下巴一层层地叠加到喉咙处。那男人鼻子上戴着一副眼镜，正仔细地观察进来的妇女。当我走进里面时，他从椅子跳了起来，很快转身面向斯托珀小姐。

“‘这个不错，’他说，‘没有比这更好的啦。好极了！好极了！’他仿佛十分热情，搓着两手，表现出最亲切不过的样子。他这种和气的样子，使人看了相当愉悦。

“‘你是来寻找职位的吧，小姐？’”他问。

“‘是的，先生。’”

“‘做家庭女教师？’”

“‘是的，先生。’”

“‘你要求多少薪水？’”

“‘我以前在斯彭斯·罗上校处是每月四英镑。’”

“‘哎呦，啧！啧！太压榨人了——这够压榨人的！’他一面嚷嚷着，一面伸出一双肥胖的手，好像义愤填膺的人那样，在空中挥舞。'怎么有人开出这样少得可怜的薪水给一位如此迷人而有成就的女士呢？'"

"'我的成就，先生，可能要比您想象中的小，'我说，'懂一点法文，懂一点德文、音乐和绘画……'"

"'啧，啧！'他叹道，'这些都不是问题。关键是你有没有一位有教养女士的举止和风度。简单地说，你若是没有，那你就不适合教育一个将来有一天也许会对国家的历史起很大作用的孩子；但是倘若你有，那么，为什么竟有一位先生好意思要求你屈尊接受少于三位数的薪金？小姐，你在我这里的薪水，要从一百英镑一年开始。'"

"您可以想象，福尔摩斯先生，对于我这样一贫如洗的人来说，这样的条件似乎好得不够真实。那位绅士大概从我的脸上看到了不信任的表情，他打开钱包，拿出了一张钞票。"

"'这也是我的一个习惯，'说着，他脸上扬起令人愉悦的笑容，直到他的两眼在那白胖皱纹的脸上眯成两条发亮的细缝，'预付一半的薪金给我年轻的女士，以便她能支付一些旅途费用和添置些衣服。'"

"我好像从来没遇到过这么动人、这么会体贴人的人。由于我那时还欠着小商贩的债，这预付给我的钱当然对我是很大的方便。然而，整个接洽过程当中，我总觉得有些地方不大自然，决定多了解一些情况然后再表态。"

"'先生，可否告知您在哪儿居住？'我说。"

"'汉普郡，可爱的乡村地区。铜山毛榉，它离温切斯特才五英里。那是最可爱不过的乡村，我亲爱的女士，并且还有一座最可爱的古老的乡村房子。'"

"'那我的主要职责是什么，先生？我想知道我的工作是什么。'"

"'一个孩子——一个只有六岁的可爱捣蛋鬼。你要是能够看见他用拖鞋打死蟑螂——啪哒！啪哒！啪哒！你眼睛还来不及眨一眨，三个已经报销了！'他靠在椅背上笑得又把他的眼睛眯成一条缝了。"

"孩子这样的玩乐天性有点使我吃惊，但是他爸爸的笑声使我认为也许他只是在开玩笑而已。"

"'那么，我唯一的工作，'我问，'就是照看小孩子？'"

"'不，不，不是唯一的，不是唯一的，我亲爱的年轻小姐，'他大声地说，'你的任务应该是，我肯定你聪明的头脑会意识到，听候我妻子的任何命令，假如这些命令是一位小姐理应遵从的话。你看，一点困难都没有，是吗？'"

"'如果能够帮到您，我感到十分荣幸。'"

"'那太好了。现在谈谈服装，比如说，我们喜欢时尚，你知道，有时尚癖好，但是心眼不坏。倘若我们给你件衣服要你穿的话，你不会反对我们的小小要求，是吗？'"

"'不会，'我说，对他的话感到相当吃惊。"

"'或者是让你坐在这儿，或者是坐在那儿，你也不会感到无礼，是么？'"

"'噢，不会。'"

"'或者在你到我们那里之前，让你把头发剪短呢？'"

"我简直不敢相信自己的耳朵。我的头发，福尔摩斯先生，正如您所见到的，长得相当密，并且有着栗子般的特殊色泽，颇为艺术，我做梦也想不到要这样随随便便地把它牺牲掉。"

"'恐怕，这是不可能的，'我说。他的目光一直热切地注视着我，当我说这话的时候，我注意到一道阴影掠过他的脸。"

"'恐怕这点是必须的，'他说，'这是我妻子的一个小小的喜好，女士的喜好。你知道，小姐，女士们的喜好是要被尊重的。你还是不想剪掉头发吗？’”

“‘不行，先生，我不能这么做，’我坚定地答道。”

“‘啊，很好，那么这件事就算了。很可惜，因为其他方面你都做得很好。既然那样，斯托珀小姐，我最好再多看几位你这里其他的年轻姑娘。’”

“那位女经理一直坐在那里忙着阅读文件，一句话也不曾和我们两人说过。可是现在她一脸恼怒地瞧着我，使我不禁怀疑她是否因为我的拒绝而失掉了一笔可观的佣金。”

“‘你还想把名字保留在登记簿上吗？’她问。”

“‘如果您高兴的话，斯托珀小姐。’”

“‘唉！其实，登记似乎也没有什么用处了，既然你用这种方式拒绝了人家提供的最优越的机会，’她尖刻地说，‘你很难指望我们会尽力再为你另外找一个这样的机会。再见，亨特小姐。’她打了一下台上的叫人铃，一个仆人进来把我带了出去。”

“唔，福尔摩斯先生，当我回到住所，看到空空的橱柜和桌子上的两三张账单时，我开始问自己，我是不是做了一件相当愚蠢的事。毕竟，如果这些人有着奇怪的癖好，而又希望别人顺从他们这种最异乎寻常的要求，那么，他们至少是准备为他们的怪癖付出代价的。在英格兰，很少有家庭女教师年收入是一百英镑的。再说，我的头发对我又有什么用呢？很多人的短发使他们看起来也很漂亮，或许我也应该和他们一样。第二天，我越想越觉得自己做了个错误的决定；第三天，我更肯定自己错了。当我收到这位先生的来信时，我几乎就要克服自己的骄傲，重新返回代理处询问这个职务是否还空着。这封信我带在身上，我念给你们听：

铜山毛榉，温切斯特附近。

亲爱的亨特小姐：

承蒙斯托珀小姐的好意将你的地址告诉了我，我在此致函想知道你是否重新考虑了你的决定。我的妻子非常盼望你的到来，我对你的描述深深吸引了她。我们愿意每个季度支付你三十英镑，或者每年一百二十英镑，以此来补偿我们的小癖好给你造成的不便。再说，我们的这些小癖好也不是很苛刻。我妻子喜欢一些独特的铁蓝色衣物，她希望早上你在室内穿这样的服装。然而，你并不需要自己破费买一件这样的衣服，因为我们有一件我们亲爱的女儿艾丽丝以前的衣服，她现在在美国费城。我想，你穿一定很合身。其次，至于坐在这里或那里，或者按照指定的方式来娱乐，这将不至于使你感到有何不便。至于你的头发，毫无疑问非常可惜，特别是在和你短暂的会见时我就情不自禁地要赞赏它的美丽。但是，就此我恐怕会坚持原来的观点，我仅仅希望增加的薪水能够弥补你的损失。至于照管孩子方面的职责，那是很轻松的。望你务必前来，我将乘马车到温切斯特来接你。请通知我你乘坐的火车班次。

您忠实的

杰夫罗·鲁卡斯尔

“福尔摩斯先生，这就是我刚刚收到的来信，我已决定接受这份工作。然而，我想在踏出最后一步前应该听听您的意见。”

“唔，亨特小姐，如果你已下定决心，那就没什么问题了，”福尔摩斯笑着说。

“但是，您不建议我拒绝吗？”

“我承认我不愿意看到我自己的一个姐妹去申请这个职位。”

“您这究竟是什么意思，福尔摩斯先生？”

“呃，没有材料，我无法做出说明。也许你自己心里已有些想法了？”

“嗯，对我来说，可能的解释只有一个。鲁卡斯尔先生看来是个很和蔼、好脾气的人，他的妻子会不会是个疯子？因而他想对此保守秘密，以免她被送入精神病院。所以他要采取各种办法来纵容她的癖好，以防止她的神经病发作？”

“这是一个可能的解释——事实上，就这件事来说，这一解释是最合理的。但是，无论如何，对于一位年轻的小姐来说，它并不是一户好的人家。”

“但是，薪水，福尔摩斯先生，薪水！”

“嗯，没错，当然薪水很高——太高了。这正是我担心的地方。他们既然可以出四十英镑雇一个人，为什么每年要付你一百二十英镑？这背后肯定有原因。”

“我想如果我告诉您这件事情，如果以后我请您帮忙的话，您就会明白是怎么回事。而且，我觉得如果能得到您的支持，我就会坚强一些。”

“啊，你可以带着这种想法前去，我向你保证，你的小难题有可能成为我未来几个月最饶有兴趣的事。这里有一些特征，显然是很新奇的，如果你自己感到疑虑或遇见了危险——”

“危险！您遇见到什么危险？”

福尔摩斯严肃地摇摇头，说：“如果我能遇见到的话，那就不是危险了。但是，在任何时候，无论白天还是晚上，只要你给我发电报，我就立马出现帮助你。”

“这就够了。”她活泼地从座椅上站起来，脸上的不安一扫而光。“现在我可以放心地去汉普郡了。我会立刻给鲁卡斯尔先生回信，晚上剪掉可怜的头发，明天起程去温切斯特。”她对福尔摩斯说了几句感谢的话后，就向我们俩道晚安告别，急忙走了出去。

我听着她踏着轻快、稳重的步子下了楼梯，说道：“至少，看起来这位年轻的女士很会保护自己。”

“她也需要这样做，”福尔摩斯严肃地说，“如果几天后我们听不到她的消息，那我就大错特错了。”

很快，我朋友的预言就应验了。两个星期过去了，在此期间，我经常想到那位小姐，猜想这个孤单的女孩子误入了什么样的不可思议的人间歧途。不寻常的薪水、奇怪的条件、轻松的工作，统统表明事情的异乎寻常，是怪癖还是陷阱，是好人还是恶棍，对于这些我无法做出判断。至于福尔摩斯，我观察到他经常一连几小时坐在那里，紧皱眉头，神态奇怪，但是当我谈到这件事时，他又挥了挥手，把全部事情抛之脑后。“材料！材料！材料！”他不耐烦地嚷着，“没有黏土，我做不出砖头！”可是最后他又经常嘀咕着说，他决不会让自己的姐妹接受这样的职位。

一天晚上，深夜，我们终于收到了一份电报。当时，我正准备上床睡觉，福尔摩斯正安下心来进行他经常痴迷的通宵达旦的化学实验。一般这个时候，我晚上离开他时，他总是弯着腰在试管或曲颈瓶上搞化学实验，次日早上我下楼吃早餐时发现他还在那里——他打开那黄色信封看了一下电报内容，就把它扔给我。

“马上查一下开往布雷德肖的火车，”他说，接着就转身又去搞他的化学研究了。

这个召唤既简单又急迫：

明天中午请到温切斯特黑天鹅旅馆。务必要来！我已经毫无办法了。

亨特

“你愿意跟我一块去吗？”福尔摩斯抬眼问道。

“我非常乐意去。”

“那么，去查查火车吧。”

“九点半有一趟火车，”我瞧了一眼开往布雷德肖的车次说道，“十一点半到达温切斯特。”

“这倒正合适，那么，我也许最好还是将我的丙酮分析推迟一下，因为明天早上我们的精神体力都要处于最佳状态才行。”

第二天十一点钟的时候，我们正在通往英格兰旧都的路上。一路上，福尔摩斯一直埋头看早报，但是在穿过汉普郡边界以后，他扔下报纸，开始欣赏起风景来了。这是春季非常美好的一天，明媚的蓝天，点缀着从西向东悠悠飘去的白云。阳光充沛，然而早春的空气仍然凛冽清新，令人心旷神怡，力气倍增。远至环绕着奥尔德肖特的重叠山岗，展开了一片乡村景色，青翠的新绿中到处隐约地现出红色和灰色的农舍小屋顶。

“多么清新美丽的景色啊！”来自烟雾腾腾的贝克街的我，耳目为之一新，不禁充满热情地大声赞叹起来。

但是，福尔摩斯却严肃地摇了摇头。

“你知道吗，华生，”他说，“我性格应受诅咒的一个方面，就是我观察每一件事情都一定要和自己所研究的问题联系起来。你目睹这些星星点点散布于树丛间的房屋，它们的秀丽景色给你留下了深刻的印象。但我看到它们时，唯一想到的是这些相互隔离的房子，会使那里可能发生的犯罪行为得不到应有的惩罚。”

“天啊！”我叫嚷道，“有谁能将犯罪和这些古老漂亮的乡村房子联系到一块呢？”

“他们总能使我内心恐慌。华生，这是我从亲身经历中得到的教训，伦敦最卑贱、最恶劣的小巷中所掩藏的罪恶也不会比这令人愉悦的美丽乡村的罪恶多。”

“你吓死我了！”

“但是道理十分明显。城镇中公众舆论的压力可以弥补法律的不足。没有一条小巷会败坏到连一个被虐待挨打的孩童的哀叫声、或一个醉汉的殴打撞击声都引不起邻居们的同情和愤怒，而且司法机关近在眼前，一个指控就可使其出动执法，犯罪和被告席仅一步之遥。但是，看看这些孤零零立在各自田地间的房屋，居住在这里的多是些可怜无知的人们，他们不懂法律。想象着那些残忍的罪行，被掩盖的罪恶可能要年复一年地在这里上演而不被发现。向我们求助的小姐要是去了温切斯特那样的大城市的话，我就不会为她担忧了。是这距城镇五英里的乡村给她带来了危险。不过，很清楚，她个人安全并没有受到威胁。”

“没有，如果她能到温切斯特来和我们见面，说明她脱得开身。”

“没错，是这样。她有人身自由。”

“那么，究竟怎么啦？你能做出说明吗？”

“我想出了七个独立的解释，每一个都能解释目前我们所知道的事。但是，哪种解释是正确的，无疑只有在得到我们等待的消息后才能做出判断。好了，那边就是教堂的塔，我们不久就会听到亨特小姐要告诉我们的一切了。”

“黑天鹅”是这条大路上一家有名的小酒馆，离火车站不远。在那里，我们看到那位正在等候我们的年轻小姐，她已经预定了一个房间，我们的午餐也已经在桌上摆好。

“很高兴你们能来，”她真诚地说，“你们两位先生都是好人；但是我确实不知道该怎么办。你们的建议对我将是十分宝贵的。”

“请告诉我们你碰到了什么事。”

“我会讲的，但是我得抓紧时间，我答应了鲁卡斯尔先生三点前回去。今天早上我向他请假到城里来，不过他不知道我是为什么事出来的。”

“让我们把所有的事情按顺序连起来，”福尔摩斯将他那又瘦又长的腿伸到火炉边，镇静自若地准备倾听。

“首先，我要说，总的来看，我没有被鲁卡斯尔先生和夫人虐待。我这样讲才是公平的。但是，我不了解他们，并因此感到不安。”

“你对他们有什么不了解的地方？”

“他们行为的各种借口。但你可以从发生的事情中了解到一些情况。当我来到这儿的时候，鲁卡斯尔先生在这里接我，并用他的单马车接我到铜山毛榉。就如同他说的一样，那个地方非常美，但是房子本身并不美，那是一座正方形的大屋子，刷着白漆，但由于潮湿、恶劣的天气，上面满是污点和污痕。四周是场地，三面是树林，另一面是一块斜平地，它通向从这房子门前大约一百码处拐弯的南安普敦公路。一丛铜山毛榉长在这屋子大厅门前的正对面，故而这地方就以铜山毛榉命名。

“我的雇主驱车带我在四周转了转，他还是像往常一样的和蔼。那天晚上，他把我介绍给他的妻子和孩子。福尔摩斯先生，我们在贝克街你们房子里所猜测的情况并不符合事实。鲁卡斯尔太太没有疯，我看她是一位安静的女人，脸色苍白，比她的丈夫年轻得多。我估计她不到三十岁；至于他，不会少于四十五岁。从他们谈话中我了解到，他们结婚大约已有七年。他原来是个鳏夫，他的前妻遗留下唯一的一个孩子，就是已经到美国费城去的女儿。鲁卡斯尔私下对我说，他的女儿离开他们，是因为她对她后母有一种毫无道理的反感。既然他女儿的年龄不会小于二十岁，我完全可以设想她和他父亲的年轻妻子在一起相处一定是很为难。

“在我看来，鲁卡斯尔太太的心智和长相都很平常。她给我的印象既不好也不坏。她是个无足轻重的人。很容易看出她对丈夫和孩子真诚的付出。她淡灰色的眼睛不时地东顾西盼，一觉察到他们任何一点小小的需要，便尽可能地提前为他们准备好。他对她也很好，只是方式鲁莽粗野。总的来说，他们俩好像是一对幸福的夫妇。

但是，这个女人还有一些不为人知的悲伤。她常常陷入沉思中，面露悲伤。我不止一次惊讶地发现她在流泪。有些时候，我会认为是她孩子的品性让她担忧，因为我从没见过如此娇生惯养、性格恶劣的调皮鬼。他的个子显得比同龄人小，脑袋却与身子不成比例的特别大。他好像整天不是野性发作，便是绷着脸闷闷不乐。他唯一的乐趣便是欺负那些比他弱的小动物，他十分擅长设计捕捉老鼠、小鸟和昆虫。但是，我还是不想提他，福尔摩斯先生，他实际上与我的故事无多大联系。”

“很高兴听到所有的细节，”我的朋友说，“不论这些细节跟你有无关系。”

“我尽量不漏掉任何重要的地方。这个屋子使我立刻感到最不愉快的就是仆人们的外表和行为。这儿就两个仆人，一个男仆和他的老婆，托勒是男仆的名字，他粗鲁而笨拙，灰白的头发和连鬓胡子，并且永远是那么酒气熏人。有两次我和他在一起的时候，他都喝得大醉，但鲁卡斯尔先生似乎对此视而不见。他的妻子是个高大壮实的女人，顶着一张苦瓜脸，和鲁卡斯尔太太一样沉默寡言，但远不如她和气。他们是最令人讨厌的一对配偶，但是，幸运的是我大部分时间都在保育室和我自己的房间里。这两个房间是毗连的，都在这屋子的一个角落里。”

“我来到铜山毛榉后的两天里，生活得很安静。第三天，鲁卡斯尔太太早餐后下楼来，低声地和她丈夫说了些什么。”

“‘啊，对了，’他说，转向我，‘我们十分感谢你，亨特小姐，因为你迁就了我们的癖好而将头发剪掉。我向你保证这丝毫无损于你的容貌。我们现在来看一看你穿铁蓝色服装合适不合适。这件衣服放在你房间的床上，在那里你可以看到它，如果你肯把它穿上，那我们两人都十分感谢你。’”

“在等待我穿的那件衣服是特殊的铁蓝色。衣服的面料相当好，是哔叽料子缝制的，但一眼就能看出这件衣服上被穿过的痕迹。衣服很合身，像是按照我的身材定做的一样。鲁卡斯尔先生和夫人看了都异常高兴，高兴得甚至有些夸张。他们在客厅等我。这间客厅十分宽敞，占据了房子的整个前半部，有三扇落地窗，靠中间那扇窗放着一张背朝着窗户的椅子。他们要我坐在这张椅子上。接着，鲁卡斯尔先生在房间的另一边踱来踱去，开始给我讲一连串我从来没有听到过的最好笑的故事。你们都想象不出他有多么滑稽，我都笑累了。可是鲁卡斯尔夫人显然没有什么幽默感，甚至连笑也不笑，只是双手放在膝盖上端坐在那里，脸上既悲伤又不安的样子。大约过了一个小时，鲁卡斯尔先生忽然宣称一天工作的时间开始，我可以更换衣服去保育室找小爱德华了。”

“两天后同样的行为在相同的情形下重复上演。我又一次换上了衣服，又一次坐到了窗户边，听我的雇主以他那独一无二的方式讲他那讲不完的可笑的故事。我又一次不禁开怀大笑。之后，他给我一本黄色背面的小说，把我的椅子向边上挪了挪，以防我的影子投到书页上，他要求我大声念出来给他听。我读了大约十分钟，从一章的中间开始读的，突然，在读到一句话的一半时，他让我停下，并换回我的衣服。”

“您可以轻易地想象到，福尔摩斯先生，我对这些匪夷所思表演的意义感到越来越好奇。我观察到，他们总是小心翼翼地让我背向窗户，这让我越来越渴望知道，到底我背后发生了什么。一开始，似乎不可能，但很快我想到了一个好方法。我手中的小镜子打破了后，我喜出望外地想到了一个好主意，我把一块碎镜片藏在手绢里。下一次，我哈哈大笑的时候，把手绢拿出来擦眼睛，并设法瞧瞧背后到底有什么。坦白地说，我失望了，我身后什么也没有，至少，我的第一印象是这样。瞧第二眼的时候，我察觉到有一个留着小胡子、穿着灰色服装的男人正站在南安普敦路那边，好像正在向我这一方向探望，这是一条重要的公路，平时路上总是有人来往的。可是这个人却斜靠在我们围着场地的栏杆上，并且很认真地朝这边张望。我放下手绢，瞥了鲁卡斯尔夫人一眼，发现她正以探究的目光盯着我。她什么也没有说，但是我相信她已经猜出我手里握着一面镜子，并且也已经看到我背后的情形，她立刻站了起来。"

"'杰夫罗，'她说，'那边路上有一个无礼的家伙正盯着亨特小姐瞧。'"

"'不会是你的朋友吧，亨特小姐？'他问。"

"'不是，我在这儿不认识其他人。'"

"'哎呀，多么不礼貌！请你回过身去挥手叫他走开。'"

"'当然，还是不理他更好些吧。'"

"'不，不，这样他会常常在这里游荡的。请你转过身去，像这样挥手叫他走开。'"

"'照您的吩咐做，'与此同时，鲁卡斯尔夫人将窗帘拉了下来。这发生在一星期前，从那以后，我不再坐在窗户边，也不再穿铁蓝色的衣服，更没有再看到过路边的那个男人。"

"请继续，"福尔摩斯说，"你的叙述将会使我很感兴趣。"

"恐怕你会认为有点支离破碎。也许这正表明我所讲的各个不同事件之间没有什么关联。在我刚到铜山毛榉的头一天，鲁卡斯尔先生带我到厨房门附近的一间小外屋。当我们走近那里时，我听见有一根链条发出的尖锐声响，还有一头大动物在走动的声音。"

"'看这里！'鲁卡斯尔先生让我从两块板缝中往里看，'它漂亮吗？'"

"我往里看去，看到一双发亮的眼睛和蜷缩在黑暗中的模糊躯体。"

"'别害怕，'看到我恐慌的样子，我的雇主笑着说道，'那是我的獒犬卡罗。我说它是我的，但实际上只有我的饲养员老托勒才能够对付它。我们一天喂它一次，一次不能喂得太多，所以它才能总是像芥末那样有热辣劲儿。托勒每天晚上把它放出来，上帝保佑那些被它尖牙咬伤的闯入者吧。看在老天爷的面上，你千万不要以任何借口在晚上将脚跨过那门槛，因为如果那样做，就等于不要命了。’”

“这警告可是非同小可的。过了两夜，我凑巧在凌晨大约两点钟的时候从卧室窗口向外眺望，外面的夜色非常美，屋前的草坪上洒满了银辉，像白天一样明亮。我站着，专注地欣赏着这静谧的美景。这时，我突然发现有什么东西在铜山毛榉树荫下移动。当那东西走到月光下时，我才看清那是什么。原来它是一只像小牛犊那么大的巨犬，棕黄色，颚骨宽厚下垂，一张黑嘴巴和硕大突出的骨骼。它慢慢地走过草坪，在另一角的阴影里消失了。这个可怕的守卫使我的心里打了个寒战。我想没有一个窃贼能像它那样把我吓成这样子。

“现在，我有一件非常奇怪的事要告诉您。您知道，我在伦敦的时候把头发剪短了，我将剪下的一大绺头发放在我的箱底。到了晚上，小孩上床睡着后，我为了打发时间，将屋内的家具检查了一下，并且重新收拾了一下我的东西。房间里有一个旧衣柜，上面两个抽屉是没有锁上的，里面空无一物，下面的一个抽屉则锁上了。我把衣物装满了上面的两个抽屉，但是还有剩下的衣服没处放，因为不能用第三个抽屉，我感到有点恼火。我突然想到它也可能是无意中随便锁上的，所以我拿出一大串钥匙试着去打开它。正好第一把钥匙就配这把锁，于是我就把它打开了。抽屉里只有一件东西，可是我肯定你们永远猜想不到它是什么——它是我的那绺头发！”

“我拿起它检查了一遍，和原来一样的特殊色泽，一样的厚度，不可能出现的事物摆在面前，使我很吃惊。我的头发怎么会锁在抽屉里呢？我双手颤抖地打开箱子，翻出里面的东西，从箱底拿出了我的头发，我把两卷头发放在一块，我向您保证，这两卷头发几乎一模一样。这难道不离奇吗？我很迷惑，从中也找不出答案。我把这缕奇怪的头发放回抽屉里，并没有把这事告诉鲁卡斯尔夫妇，因为我觉得是我做错了，我不应该打开锁着的抽屉。”

“您可能注意到了，福尔摩斯先生，我天生就是一个爱好观察的人，不久我在脑子里对整个房子就有了一个很清楚的轮廓，有一边的侧楼看来根本就没有人住。托勒一家住处的通道对面的一扇门可以通向这套厢房，但是这扇门总是锁着的。可是有一天我正上楼时，碰见鲁卡斯尔先生从这扇门里走出来，手里拿着钥匙。看他那时的表情和我平时惯常看到的胖胖的、愉快的样子俨然判若两人。他因发怒而两颊涨得通红，眉头紧皱着，激动得太阳穴两旁青筋毕露。他锁好那扇门后，急匆匆地从我身边走过，一言不发，也不看我一眼。”

“这引发了我的好奇心，所以当我带着照管的孩子到场地散步的时候，溜达到房子那一边，这样我可以看到房子这一部分的窗户。那里一排有四个窗户，其中三个简直肮脏不堪，第四个拉下了百叶窗，是关着的。所有这些窗户显而易见都是久已弃置不用，就在我来回漫步、上下打量着它们的时候，鲁卡斯尔先生走到我跟前，显得和往常一样愉快高兴。”

“‘啊，’他说，‘我亲爱的年轻小姐，如果我从你身旁走过没有打招呼，请不要认为我没礼貌，我只是沉浸在一些生意上的事情里了。’”

“我让他放心，我并没有把那事放心上。‘顺便问一下，’我说，‘好像你这儿的很多套房间都是空着的，其中有一间的窗户是关着的。’”

“他看起来有些意外，似乎是被我的话惊到了。”

“‘摄影是我的一项爱好，’他说，‘我把那几间当成暗室，但是，天呀！我们碰到了一位多么酷爱观察的小姐呀。谁能相信呢？简直不敢相信，’他以一种打趣的语调说道，但是他看我的时候，眼中并没有开玩笑的样子。从他眼中我读到了怀疑、恼怒，就是没有打趣的神色。”

“嗯，福尔摩斯先生，从那时刻起，我明白关于那套房子的事情是我不知道的，我心里更加热切地想要查出个究竟。不仅仅是出于好奇，虽然有些好奇的成分在里面，但更多的是一种责任感，一种认为由于我识破这个地方的内幕，从而说不定可以做出什么好事来的感觉。人们总是谈论女人的本能，也许就是女人的本能使我有那样的感觉。不管怎么说，我的确是有这种感觉。我密切地注意是否有机会可以冲过这道禁止入内的门。”

“直到昨天，这机会才来。我可以告诉你，除了鲁卡斯尔先生外，还有托勒和他的妻子都曾在这空房间里忙些什么。我有一次看见托勒抱着个大黑布袋从那房里出来。最近，他时常恣意酗酒。昨天晚上他醉得不省人事。我上楼时，发现钥匙还插在门上，我毫不怀疑是他留在那里的。鲁卡斯尔先生和太太当时都在楼下，那孩子也和他们在一起，真是千载难逢的好机会。我轻轻地转动锁上的钥匙，开了那扇门，然后悄悄地溜了进去。”

“我面前出现了一条小走廊，这条走廊没有裱糊过，也没有铺地毯。过道尽头转弯的地方是一个直角。转过这个弯，并排有三扇门，第一扇和第三扇门是开着的。每扇门都通向一间空房，又脏又阴暗，一间有两扇窗，另一间只有一扇窗，窗户上尘土厚积，使得傍晚的光线照到那里显得非常昏暗。当中一扇门关着，系着一根铁床上的粗铁棍，一头锁在墙上的一个环上，另一头则用一根粗绳绑在墙上。这扇门本身也上了锁，但钥匙不在那里。这扇严密封锁的门显然是和外面所看到的那扇关着的窗户是同一个房间的。而且从它下面的微弱光线中，我仍可以看到那房间里并不很黑暗。里面无疑有天窗，可以从上面透进光线。我站在过道里，注视着那扇凶险的门，疑惑里面藏着什么秘密。这时，我忽然听到房间里有脚步声，从房门底下小缝透出来的微光中，我看见有一个人影在来回走动着。这情景使我心里陡然升起一阵剧烈的无名恐怖。福尔摩斯先生，我神经紧张得忽然失去了控制，回头就跑，跑的时候好像有一只可怕的手在后面抓住我的衣裙似的。我沿着过道狂跑，跨过那扇门，一直冲到等候在外面的鲁卡斯尔先生的怀里。"

"'噢，'他笑着说，'原来是你，当我看到房门打开的时候，就想到一定是你。'"

"'啊，吓死我啦，'我喘着气说。"

"'我亲爱的年轻小姐！亲爱的年轻小姐！'你不能想象他当时的动作有多亲切、多体贴，'什么吓到你啦，我亲爱的年轻小姐？'"

"但是他的声音带着诱哄的意味。他太过体贴啦，我紧张地防范着他。"

"'我太愚蠢了，竟走进了那个空空的侧楼，'我说，'但是，在昏暗的光线下，那里是多么凄凉，多么可怕呀！吓得我又跑了出来。啊，那里面死气沉沉的，寂静得可怕。'"

"'就这些？'他说，眼神犀利地望着我。"

"'怎么啦，那你认为还有什么？'我问。"

"'知道我为什么把那扇门锁上吗？'"

"'我不清楚'。"

"'就是不想让那些闲人进去，你明白了吗？'他还是那样亲切地笑着。"

"'我如果知道的话，我肯定不——'"

"'好啦，现在你知道啦。如果你再敢迈进那扇门的门槛的话——'这时，微笑变成了龇牙咧嘴的狞笑，一张脸像魔鬼似的瞪着我，'我就把你扔给那条獒犬。'"

“我被吓得不知所措。我想我大概是飞快地从他的身边跑开一直奔进了我的房间。我什么也记不起来了，直到发觉自己躺在床上，浑身颤抖不已。所以，我就想到了你，福尔摩斯先生。如果没人给我出主意的话，我再也不能在那儿待下去了。我害怕那座房子，那里的男人女人，还有仆人，甚至还有小孩。对我来说，他们都太恐怖了。我如果能带您去那儿就太好了。当然，我也可以逃离那房子，但我的好奇心和我的恐惧一样大。我很快下定决心给您发份电报。我带上帽子，披上斗篷，去离房子大约半英里远的邮局，返回的时候感到心情轻松多了。但我来到门口的时候，一阵恐怖的疑虑涌上心头，唯恐那狗被解开了。但是，我记得那天晚上托勒喝得不省人事，我知道他是家里唯一能够驯服那只野蛮动物的人，也是唯一能冒险解开那狗的人。我安全地溜进了屋内，一想到能见到你，半夜就兴奋得睡不着觉。今天早上，我很轻松地获得了去温切斯特的许可，但我必须在三点前赶回去，因为鲁卡斯尔先生和太太准备出去做客，今天晚上都不在家，所以我必须照看孩子。现在，我已经把我的全部历险经过都告诉您了，福尔摩斯先生。要是您能告诉我这一切意味着什么，我将非常高兴；并且，最要紧的是，我应该怎么办？”

福尔摩斯和我聚精会神地听完了这一离奇的故事。现在，我的朋友站了起来，在室内踱来踱去，他的手插在口袋里面，脸上露出了最严肃的表情。

“托勒现在还是酒醉不醒吗？”他问。

“是的，我听他老婆对鲁卡斯尔夫人说她现在也拿他毫无办法。”

“很好，今晚鲁卡斯尔夫妇要出门吗？”

“是的。”

“那里是不是有个锁着很牢固的地窖？”

“是的，是藏酒的地窖。”

“亨特小姐，从你处理这件事的经过来看，你可以说得上是一位十分机智勇敢的姑娘。你想想能不能再做一件了不起的大事？如果我不认为你是个十分卓越的女性，我是不会这样要求你的。”

“我会尽力的，做什么？”

“七点钟的时候，我和我的朋友将会到铜山毛榉。那个时候鲁卡斯尔夫妇正好出门；托勒，我们希望他还是醉酒不醒。只剩下托勒太太了，她可能会发现我们。如果你能找点活打发她去趟地窖，然后把她锁在里头，那就会大大有利于这件事的进行了。”

“好，我去做。”

“好极了！那么我们再来彻底地调查这件事情。当然只有一个解释行得通：你被带到这儿来冒充某个人，你所冒充的人就被关在屋里的某个地方。这非常明显。至于被关的这个人是谁，我敢肯定是那个女儿艾丽丝·鲁卡斯尔小姐。如果我记得没错的话，她被说成是去美国了，毫无疑问，因为你在身高、体型和发色方面与她相似，所以被选中来冒充她。她的头发被剪掉很可能是因为她曾经患过什么病，因而，自然你也必须牺牲掉你的头发。你瞧见那绺头发完全是碰巧。路上的那个人无疑是她的朋友——也有可能是她的未婚夫——因你穿着她的衣服，又长得和她如此相像，所以每当他看见你的时候，他从你的笑容中，以后又从你的姿势中，相信鲁卡斯尔小姐确实很快乐，并认为她不再需要他的关怀了。晚上，那条狗放出来是阻止那个男的闯入宅子与那姑娘见面。所以，一切都清楚了。这个案子最严重的一点就是那个孩子的性情。”

“这与那孩子的性格有什么关系？”我突然叫了出来。

“我亲爱的华生，你作为一个医生，要逐渐地了解一个孩子的癖性，就要从研究他的父母亲开始，你没想到反过来也是同样的道理吗？我时常从研究孩子入手来取得对其父母品格基本的、真正的深入了解。这孩子的性格异常残忍，而且是为了残忍而残忍。不管这种性格是像我所猜疑的那样来源于他笑眯眯的父亲还是来源于他的母亲，这对在他们掌握之中的那个可怜的姑娘注定是不妙的。”

“我相信您是对的，福尔摩斯先生，”我们的主顾大声说，“我现在想起很多事情，我确信您说对了。我们一刻也不要耽搁，赶快去营救那可怜的人吧！”

“我们需要侦察一下周围环境，因为我们要对付的是一个十分狡猾的人。不到七点钟的时候，我们不要轻举妄动。那时，我们再与你会合，谜题将很快被解开。”

我们说到做到，七点整就已经到了铜山毛榉，并把双轮马车停放在路旁一家小客栈里。那一丛树上的黑叶，像擦亮了的金属，在夕阳的光辉下闪闪发光。即使亨特小姐没有站在门口台阶上微笑地面向着我们的话，这也足以使我们认出那幢房子。

“你做到了吗？”福尔摩斯问。

这时从楼下的什么地方传来了响亮的撞击声。“那是托勒太太在地窖里，”她说，“她的丈夫躺在厨房的地毯上鼾声如雷地酣睡着。这是他的一串钥匙，和鲁卡斯尔先生的那串钥匙是完全一样的。”

“干得漂亮！”福尔摩斯先生热情地喊着，“现在你带路，我们就要看到这桩黑勾当的结局了。”

我们穿过楼梯，打开门，沿着走廊一直走到亨特小姐所叙述的障碍物前面，福尔摩斯割断绳索，将那根横挡着的粗铁杠挪开，然后试着一把把的钥匙去开门，但是不成功。屋内没有任何声音传出来。在这寂静之中，福尔摩斯的脸色阴沉了下来。

“我相信我们来得并不晚，”他说，“我想，亨特小姐，你最好不要跟我们一起进去。现在，华生，你用肩膀顶住它，看我们能不能进去。”

这是一扇老旧、摇摆的门，我们还没怎么使力，门就开了。我们一起冲进屋内。屋里空空如也。除了一张简陋的小床、一张小桌子以及一筐衣服，再无其他家具，上面的天窗开着，被囚禁的人已无影无踪了。

“这里面有些鬼把戏，”福尔摩斯说，“这个家伙大概已经猜到了亨特小姐的意图，先一步将受害者弄走了。”

“但是，是怎么弄走的呢？”

“通过天窗，我们将很快知道他是怎样做到的，”他身体一甩，爬到了屋顶上。

“啊，是这样，”他叫喊着说，“这里有一架很长的轻便扶梯，一头靠在屋檐上，他就是这样干的。”

“但这是不可能的，”亨特小姐说，“当鲁卡斯尔夫妇出去的时候，梯子还不在这儿。”

“他是回来做的，我告诉过你他是个狡猾、危险的人，就算从楼梯上传来的脚步声是他的，我也不会感到奇怪。我想，华生，你最好准备好手枪。”

他的话刚说完，一个肥胖结实的人就出现在了房门口，手里拿着一根重重的木棍。亨特小姐一看到他，便尖叫着缩进了墙角里，但是夏洛克·福尔摩斯纵身向前，镇定地面对着他。

“你这个恶棍！”他说，“你的女儿在哪儿？”

这个肥胖的人目光扫视了一下四周，然后抬头看着开启的天窗。

“应该是我问你，”他尖叫道，“您们这帮小偷！间谍！贼！我抓住你们了，不是吗？你们在我的掌控下，我要好好教训你们！”他转过身去，咯噔咯噔地尽快跑下楼去。

“他是去找他的狗！”亨特小姐呜咽道。

“我有左轮枪！”我说。

“最好关上前门，”福尔摩斯大声喊道，我们都跑下楼梯。我们还没到达客厅，便听见了猎犬的狂吠声，然后是一阵凄厉的尖叫和令人恐怖的猎犬撕咬人的声音，使人听了为之毛骨悚然。一个红脸蛋、上了年纪的人挥舞着胳膊跌跌撞撞地从边门走了出来。

“我的上帝呀，”他大声喊着，“什么人把狗放出来了。它已经两天没喂过食啦！快，快，要不就来不及了！”

福尔摩斯和我急忙飞奔出去转过房角，托勒紧紧跟在我们后面。只见那边一只庞大的饿慌了的畜牲，一张黑嘴紧紧咬着鲁卡斯尔先生的喉咙，而他正在地上打着滚悲惨地号叫着，我跑上去就是一枪，把它的脑袋打开了花。它倒了下来，锋利的白牙仍然嵌在他那肥大而满是褶皱的颈部。我们用了好大力气才把人和狗两相分开，然后将他抬到房子里。人虽然还活着，然而已是非常可怕的血肉模糊了。我们把他放在客厅的沙发上，并差遣吓醒了的托勒送信去通知他的太太。我尽我所能做到的来减轻他的痛苦，我们都围着他聚集在一起。这时，房门开处，一位瘦高个女人走了进来。

“托勒太太！”亨特小姐喊道。

“是的，小姐，鲁卡斯尔先生回来后先把我放了出来，然后才上去找你们。啊，小姐，可惜你不曾让我知道你的打算。因为我本来可以告诉你，你的努力白费了。”

“哈！”福尔摩斯敏锐地注视着她说，“显然，托勒太太对这件事的情况知道得比任何人都多。”

“是的，先生，我确实知道。我现在正准备把我所知道的全都告诉你们。”

“那么，请坐下来，让我们听听看。因为我必须承认，这桩事情里面还有几点我仍然不太明白。”

“我会对你们讲明白的，”她说，“我早就可以这样做，要是我能早点从地窖里出来的话。如果这件事要闹到违警罪法庭上去，你要记住，我是作为朋友站在你们一边的。我也是艾丽丝小姐的朋友。

“她在家里从来不快乐，自从他父亲结婚后，就从来没开心过，她不被人喜爱，在家也没有发言权，但是她在朋友家里碰到福勒先生之前，她的情况确实还不算很坏。我知道，艾丽丝小姐有自己的想法和权力，但是她太安静和忍让了，她就是这样，她从不说一句话，把一切都交给鲁卡斯尔先生处理。他知道和她在一块可以很放心，但是一旦一个丈夫要挤进来的时候，那他一定会要求在法律范围内应该给他的东西。于是她的父亲认为是该制止这件事发生的时候了。他要他女儿签署一个字据，声明不管她结婚与否，他都可以用她的钱。由于她不愿意签，他一直闹到她得了脑炎，有六个星期她曾濒临于死亡的边缘。最后她逐渐康复，但是骨瘦如柴，美丽的头发也剪掉了；但是她年轻的男朋友对她仍然忠诚。”

“啊，”福尔摩斯说，“我想你好心地告诉我们这些事，使得我们对这件事情已经一清二楚，剩下的我就可以推断得出了。那么我敢断言，鲁卡斯尔先生就采取了监禁的办法。”

“是的，先生。”

“把亨特小姐从伦敦请来，以便摆脱福勒先生的纠缠？”

“正是这样，先生。”

“可是福勒先生是一位坚持不懈的人，就像一名好水兵必须做的那样，他封锁了这所房子。后来遇见了你以后，通过用金钱或其他方式说服了你，使你相信你和他的利益是一致的。”

托勒太太安详地说：“福勒先生是一位健谈的、手头慷慨的先生。”

“通过这个手段，他总是想方设法让你的好男人不缺酒喝，让你在主人一出门时就把一架扶梯准备好。”

“您都猜到了，先生，事情就是这样发生的。”

“我们应当向你表示歉意，托勒太太，”福尔摩斯说，“因为你无疑把一切使我们困惑的事都解释清了。现在村里的那位外科医生和鲁卡斯尔夫人就要来了，我认为，华生，我们最好是护送亨特小姐回温切斯特，因为我感觉到在这里我们的合法地位很成问题。”

于是门前有铜山毛榉的那所邪恶房子的谜案解开了。鲁卡斯尔先生活了下来，然而已是一个苟延残喘的人了，只是在他那忠心耿耿的妻子的护理下，他还有一口气。他们的老佣人还和他们住在一起。大概他们知道鲁卡斯尔这家人过去的事太多了，以致鲁卡斯尔先生很难与他们分开。福勒先生和鲁卡斯尔小姐就在他们出走后的第二天，在南安普顿申请到特许证书结了婚。福勒先生现在在毛里求斯岛担任政府职务。至于维奥莱特·亨特小姐，我的朋友福尔摩斯使我感到有点失望。由于她不再是他问题中的一位中心人物，他就不再对她有进一步的兴趣了。她目前在沃尔索尔地区就任一家私立学校的校长。我相信她在教育工作上一定会取得了很大的成就。

福尔摩斯名言警句

谦虚和骄傲都是与事实相悖而行的。